感恩书系·中学部分

U0634538

让中学生学会
感恩老师的 100 个故事

总主编:滕刚

EVENT

花山文艺出版社

图书在版编目(CIP)数据

让中学生学会感恩老师的 100 个故事 / 刘英俊主编.
石家庄:花山文艺出版社,2007.6（2021.6 重印）

（感恩书系 / 滕刚主编）

ISBN 978-7-80755-051-8

Ⅰ.① 让... Ⅱ.① 刘... Ⅲ.① 故事—作品集—世
界—现代 Ⅳ.①I14

中国版本图书馆 CIP 数据核字(2007)第 061756 号

丛 书 名:**感恩书系**（中学部分）

总 主 编:**滕 刚**

书 名:**让中学生学会感恩老师的 100 个故事**

主 编:**刘英俊**

策 划:张采鑫

责任编辑:于怀新

特约编辑:李文生

责任校对:李 鸥

全案设计:北京九洲鼎图书有限公司

出版发行:花山文艺出版社（邮政编码:050061）

　　　　　（河北省石家庄市友谊北大街 330 号）

销售热线:0311-88643221

传 真:0311-88643234

印 刷:永清县晔盛亚胶印有限公司

经 销:新华书店

开 本:710×1000 1/16

印 张:10

字 数:155 千字

版 次:2007 年 6 月第 1 版

　　　　2021 年 6 月第 2 次印刷

书 号:ISBN 978-7-80755-051-8

定 价:29.80 元

PREFACE
懂得感恩的人是幸福的人○张丽钧

第一次听欧阳菲菲唱那首《感恩的心》,是在热闹的大街上。在那动人的歌词和旋律面前,我不由得停下了脚步——"我来自偶然,像一颗尘土,有谁看出我的脆弱? 我来自何方? 我情归何处? 谁在下一刻呼唤我? 天地虽宽,这条路却难走,我看遍这人间坎坷辛苦。我还有多少爱? 我还有多少泪? 要苍天知道我不认输! 感恩的心,感谢有你,伴我一生,让我有勇气做我自己。感恩的心,感谢命运,花开花落,我一样会珍惜。"不知为什么,就特别喜欢这首歌,仿佛那是从我心窝里掏出来的句子和调子。在这不期然的相遇面前,我感慨良久。

后来,我所在的学校和本市聋哑学校结成了友好学校。我们的学生和那些聋哑学生一起学会了《感恩的心》的手语表达。当我看到那些听不见旋律、唱不出歌词的孩子动情地和我的学生们一起用手语演唱《感恩的心》的时候,我和台下的观众都禁不住泪流满面。在我们这些健全的人看来,那些孩子最应该诅咒命运的不公,因为瞎了眼的命运女神残忍地把他们打入了一个死寂的世界。但是,他们非但没有诅咒,还怀了一颗可贵的感恩之心。看到他们面带微笑地打出"感恩的心"这句手语,我为自己心底隐藏着的怨尤与懊恼感到羞耻。

懂得感恩的人是幸福的人。

感恩,应该成为我们的一门必修功课。

让人遗憾的是,太多的人没有修好这门功课。幸福的生活,把多少"小太阳"娇宠成了"豌豆上的公主"! ——爱是那一层又一层的柔软褥垫,但是,仅仅是最下层那一颗小小的豌豆粒,就惹得睡在上面的"公主"抱怨不已、叫苦不迭。被生活亏待的人,莫过于那些身体有残障的人,可就连他们都可以带着灿烂的笑用手语演唱《感恩的心》,我们这些健全的人,还有什么理由不由衷地向生活致谢呢？

"天恩浩荡"，我喜欢把这个"天"字理解成造就了我们、滋养了我们的一切爱与美。乳香与麦香，茶香与花香，墨香与书香……这些香殷勤地熏香了我们的生命，使我们越来越健壮也越来越温文，越来越丰富也越来越美丽；难道，我们不应该向着这慷慨的赐予深深感恩吗？

集盲聋哑于一身的海伦·凯勒曾经问一个从森林里归来的人：你在森林里看到了什么？那个人沮丧地耸耸肩说：森林里有什么好看的？海伦为他的这个回答感到非常意外和遗憾，因为在她看来，那人白白地拥有了一双明亮的眼睛和一双聪敏的耳朵。森林里有那么斑斓的色彩，他却视而不见；森林里有那么动听的鸟语虫鸣，他却充耳不闻。他可怜的心灵失明了、失聪了，所以他才作出了那样令人遗憾的回答。有时候，我们也会犯类似的错误啊！面对自然的秀色，面对亲友的温情，我们常会患上一种叫做"麻木"的疾病，因为可以日日坐享，便不再将珍奇视为珍奇。每天，我们住在爱里却浑然不觉，把一切幸福的拥有理解成了理所应得。对爱麻木的心，最容易被怨恨蛀蚀，而充满了怨恨的人生往往是与成功无缘的。

想想看，我们赤身来到这个世界上，是什么让我们成为了现在的自己？巴金说过这样一句话：我们不是单靠吃米活着。他说得多好！我想说，我们其实是吮饮着"爱"长大的啊！仅仅懂得被动地领受爱，证明你还远未长大；能够被这爱深深感动，证明你已摆脱了那个幼稚的自我；而把这爱理解为一种伟大的赐予，并努力去回报这爱，证明你已走向了真正的成熟。

所以，我愿意借这本书给我深爱的孩子们一个提醒：请认真学好"感恩"这门必修课，因为感恩的过程就是心灵提纯的过程。懂得感恩，你就能拥有幸福，并让爱你的人感到幸福；懂得感恩，你就能成为一个受欢迎的人，"机会"就愿意与你牵手；懂得感恩，你就能"有勇气做我自己"，你的生命之树就容易结出成功的果实。

愿你和我一样爱上那首《感恩的心》，不管心空是阴是晴，让我们一起轻轻地唱："……感恩的心，感谢命运，花开花落，我一样会珍惜。"

特别的祝福语 第一辑 {DI YI JI}

在我们的生活中,有这么一种人,他们淡泊名利,甘于平淡,一心奉献,却不求回报。他们不是我们的父母,却给了我们父母般的关爱;他们不是亲人,却给了我们最贴心的温情。他们无私地将自己的才学默默奉献给我们,总是微笑地宽容我们的过错,温柔地引导我们的方向,把我们的成长成才作为自己最大的快乐。他们就是老师。

目录
CONTENTS

第二辑 我用感激为你们饯行

　　老师也许是我们生命中除亲人之外相处时间最长的人，可很多时候他们所留下的只是一束渴望的目光，一个鼓励的微笑，或者是课堂上一句亲切的话语，或者是台灯下批改作业的一个身影。这些都让我们更多地感受到了老师的平凡，而正是老师的这种平凡，造就了我们的未来。

粉笔盒里的"特殊奖品" 第三辑

也许虽然只是一个微笑、一个眼神、一根竖起的大拇指,但却倾注了老师对我们的深深爱意。这爱意就像万能的钥匙,能打开我们心的枷锁,让阳光照进我们的心灵,用爱的热量驱散我们心里的阴霾,抚平我们受伤的心灵,给我们努力前行的动力。

目录
CONTENTS

第四辑 **难忘那一课**

古人云："师者,所以传道、授业、解惑也。"老师不但用渊博的知识,精深的才学,让我们得以在知识的海洋中遨游,更重要的还在于他们用自己高尚的人格魅力,丰富的人生体验,使我们明白生活的意义,领悟生命的真谛,懂得做人做事的道理。他们的教诲,如轻风般缭绕在我们的心田,恬淡而深刻,并将穿越时空温润我们的一生。

特别的祝福语

  在我们的生活中,有这么一种人,他们淡泊名利,甘于平淡,一心奉献,却不求回报。他们不是我们的父母,却给了我们父母般的关爱;他们不是亲人,却给了我们最贴心的温情。他们无私地将自己的才学默默奉献给我们,总是微笑地宽容我们的过错,温柔地引导我们的方向,把我们的成长成才作为自己最大的快乐。他们就是老师。

讲到这时,曾洁声音哽咽,泪流满面。她说,她至今还珍藏着一块
当年刘老师送给她的白色方巾,一直舍不得用,每每看到崭新的方
巾,就会忆起刘老师。

一块方巾与 20 年的师生情

◆佚 名

一块珍藏 7 年、至今洁白如新的方巾,被珍藏在曾洁的衣橱里,小小的方
巾蕴涵着一段 20 年的记忆。

1983 年,体弱多病、仅两岁半的曾洁被妈妈抱进了硚口水厂路幼儿园小小
班。小小班的孩子都是不到 3 岁的幼儿,父母因工作繁忙而只得将他们送到这
个带有托儿所性质的班上。

1 岁半时的一次意外让曾洁大病一场。随后的日子里,小曾洁三天两头就
要被抱去医院。1983 年正值"严打",曾洁在法院工作的父亲根本就无法顾家,
妈妈又是中学班主任,常常因班上的事务忙到很晚。没办法,曾洁的妈妈只得
将这个瘦弱的孩子托付到小小班的刘老师手中。

当时五十多岁的刘老师,为了让这个病秧子早日茁壮起来,每天按时给曾
洁喂药,还特意在幼儿园开起小灶,为曾洁炖好鸡蛋,再一口一口地喂进这个
胃口不好的孩子嘴里。由于工作忙,曾洁常常是最后一个被家长接走的孩子,
每到这个时候,刘老师总是耐心地陪着她画画……

一年小小班的生活很快结束了,幼小的曾洁有关刘老师的记忆渐渐被拉
成片段——"喂我吃饭的奶奶,教我画画的老师"。由于刘老师的启蒙,曾洁的
绘画天赋被发掘出来,从小学到中学不断获奖。每次获奖后,曾妈妈都会红着
眼睛给曾洁讲有关刘老师照顾她的故事,告诉她"做人要知恩图报"。随着时间

的推移,刘老师的印象在曾洁脑海中日渐清晰起来。

1996年教师节,考上高中的曾洁特别去看望了这位启蒙老师。师生俩坐在当年的小板凳上回忆往事。临别时,刘老师送曾洁走了很远,特意在商店给曾洁挑了一打白色方巾送给她,告诉她女孩子将方巾带在身边,擦汗、洗脸都很方便。

讲到这时,曾洁声音哽咽,泪流满面。她说,她至今还珍藏着一块当年刘老师送给她的白色方巾,一直舍不得用,每每看到崭新的方巾,就会忆起刘老师。

一块珍藏七年、至今洁白如新的方巾,为我们揭开了一段长达20年的师生情谊。其实,何止是师生情谊呢?刘老师对于小曾洁无微不至的照料及启蒙,已经不亚于任何一位尽职尽责的母亲!

你看,她"为了让这个病秧子早日茁壮起来,每天按时给曾洁喂药,还特意在幼儿园开起小灶,为曾洁炖好鸡蛋,再一口一口地喂进这个胃口不好的孩子嘴里。由于工作忙,曾洁常常是最后一个被家长接走的孩子,每到这个时候,刘老师总是耐心地陪着她画画……""师生俩坐在当年的小板凳上回忆往事。临别时,刘老师送曾洁走了很远,特意在商店给曾洁挑了一打白色方巾送给她,告诉她女孩子将方巾带在身边,擦汗、洗脸都很方便。"透过这些平凡、琐碎的生活小事,我们仿佛看到一位细心、无私、和蔼可亲的老师正鲜活地站在面前。

在你的人生经历中,是否也有一位像妈妈一样疼爱和关心你的老师呢?请你也把她的恩情铭记在心吧,因为她和妈妈一样,都是给我们温暖和保护的人。

(田 野)

汤普逊老师热泪盈眶地告诉泰迪："泰迪,你错了!是你教导我、让我相信我有能力去改变,直到遇见你,我才知道该怎么当一个老师!"

老师的启示

◆佚　名

许多年前,汤普逊老师对她五年级的学生说她会平等地爱每个孩子!但这是不可能的,因为前排坐着泰迪·史塔特,这是一个邋遢、上课不专心的小男孩。事实上,汤普逊老师很喜欢用粗红笔在泰迪的考卷上写"不及格"!

一天,汤普逊老师检视每个学生以前的学习记录表,她意外地发现了泰迪先前老师的评语。

一年级老师写道:"泰迪是个聪明的孩子,永远面带笑容,他的作业很整洁,他让周围的人很快乐!"二年级老师说:"泰迪很优秀,很受同学欢迎,但他的母亲患了绝症,他很担心,家里生活一定不好过!"三年级老师写道:"母亲过世,泰迪一定很难过。他很努力表现但父亲总不在意,若状况再没有改善,他的家庭生活将严重打击他。"四年级老师写道:"泰迪开始退步,对课业提不起兴趣,没有什么朋友,有时在课堂上睡觉。"

直到此刻,汤普逊老师才知道了泰迪的困难,并为自己此前对泰迪的态度深感羞愧。当她收到泰迪的圣诞礼物时更觉得难过,因为别人的礼物都用漂亮的缎带和包装纸装饰,泰迪的礼物却用杂货店的牛皮纸袋捆起来。

汤普逊老师忍着心酸,当着全班同学的面拆开泰迪的礼物。有的孩子开始嘲笑泰迪的圣诞礼物:一条假钻手环,上面还缺了几颗宝石,另外是一瓶只剩四分之一的香水。但是汤普逊老师不但惊呼"漂亮",还带上手环,并喷了一些香水在手腕上,其他小朋友全愣住了。

放学后，泰迪·史塔特留下来对汤普逊老师说："老师，您今天闻起来好像我妈妈！"泰迪离开后，汤普逊老师整整哭了一小时。从那天起，汤普逊老师开始特别关注泰迪，而泰迪似乎重新活了过来，到了学年尾声，泰迪已经成为班上最优秀的孩子之一。

虽然汤普逊老师说过她会平等地爱每一个孩子，但泰迪却是她最喜欢的学生。很多年过去后，泰迪给汤普逊老师写了一封信，信里说他大学毕业后决定继续攻读更高学位，而且不忘他多次所说的，汤普逊老师是他这一生遇到的最棒的老师，而这封信的结尾多了几个字："泰迪·史塔特博士"。

那年春天，泰迪又给汤普逊老师写了一封信，信中说他遇到了生命中的女孩，马上要结婚了，他希望汤普逊老师能参加他的婚礼并坐在新郎"母亲"的位置上，汤普逊老师完成了泰迪的心愿。但你知道吗？汤普逊老师竟然戴着当年泰迪送给她的假钻手环，还喷了同一瓶香水，这是泰迪母亲过世前最后用过的香水。他们互相拥抱，史塔特博士悄悄在耳边告诉汤普逊老师："谢谢您相信我，谢谢您让我觉得自己很重要，让我相信我有能力改变自己。"汤普逊老师热泪盈眶地告诉泰迪："泰迪，你错了！是你教导我、让我相信我有能力去改变，直到遇见你，我才知道该怎么当一个老师！"

如果不是在泰迪的学习记录表上偶然发现先前老师的评语，汤普逊老师是不是会继续认为泰迪是一个不求上进的坏孩子呢？

对于汤普逊老师而言，这个假设已经不成立了，因为当她发现泰迪的困难之后，她马上改变了对泰迪的看法和态度。而正是由于汤普逊老师的及时转变，也促使了泰迪的转变，进而才有了泰迪后来在学业上取得的成功！

虽然上一个假设不成立了，但我们却可以提出这样的假设：如果没有汤普逊老师对泰迪的宽容和爱护，泰迪应该不会有如此大的进步吧！而这个假设的结果从泰迪后来在汤普逊老师耳边所说的话中就能得知。

这个故事启示我们：真正的教育不是简单的批评和指责，而是用爱去体贴和关心孩子，唤醒孩子的自尊心、上进心，让每一个孩子都能成才。　（王丽娟）

衷心祝愿老师永远漂亮——过去时！现在时！将来时！

特别的祝福语

◆王琼华

这年，我调到市一中工作。校长征求了我的意见后，就让我担任初三(6)班的英语老师。校长还特意提醒我，这个班有几个学生特别调皮。

果然，第一节课就有学生跟我发难。

我当时问学生："当我说'我很漂亮'的时候，是什么时态呢？"话音刚落，就从教室一角冲出一句怪怪的吼声："过去时，老师！"

一听，我在一些学生哄然大笑中真的有点儿尴尬。

因为，我当时已经三十好几了。虽然平日里还是注意化妆打扮，但这个年纪的女人跟眼前这些花季少女相比还真成了明日黄花。只是遭到这位同学似乎很刻薄的嘲讽，又该去怎么面对呢？说实话，我心里一时感到十分别扭。

但少顷后，我平静地说："请同学们稍等一下。"

说罢，我匆匆走出了教室。

当我返回教室时，教室里唧唧喳喳闹哄哄的。有个同学还伸长脖子看看门口，奇怪地问："老师，怎么校长没来呢？"

"怎么，还以为老师要去告状，搬来校长训话？你们给了什么理由让我这样做呢？"接着，我举起一张相片，"我去办公室找了一张照片。看看吧，这是我十多年前的照片，怎么样？我当时还被男同学捧为'校花'呢。跟这张照片比较的话，如果我还说'我很漂亮'，确实是过去时。过去，我还的确漂亮。十八的姑娘一朵花。所以，刚才这位同学说的是实话、真话！"

鸦雀无声。

我又说:"现在坐在这里的女同学,说'我很漂亮',既是现在时,也是将来时。还有男同学,说'我很帅',也是如此。"

猛地,响起了掌声。

这掌声响得好长!

我笑了。甚至,眼睛有点儿湿湿的。我真的有几分感动,为自己,也为这几十个同学的掌声。

我说:"同学们,我们继续上课!"

时隔多年,这天是我的生日。一位自称是我学生的男子上门。他西装革履,温文尔雅的模样,一看就是一个挺有出息的人。不过,他一见我马上就有点儿不好意思了。

因为,我开门一看,脱口就说:"哟,是你?"

"老师还认得我?"

"放心,我把其他学生忘掉,也恐怕忘不了你。还有,你年前当上了总经理,这事也有同学告诉我了。好,不错!"

于是,我和他笑了。

他说,他打听到今天是我生日,特意买来了一盒化妆品。他解释着,价钱不贵,主要是表达一下心意。化妆品盒上还捎了一张生日贺卡。上面写着一句特别的祝福语:"衷心祝愿老师永远漂亮——过去时!现在时!将来时!"

他就是说那句"过去时,老师"的学生。

离开时,他深深地向我鞠了一个躬:"谢谢您,老师!您给了我知识,更给了我一种做人的智慧。"我又一次感动,但接下来他的回话更让我感动。我说:"要不,吃了饭再走?"他说:"下一次我请老师吃饭。今天还真有点儿事,我约好了,等一下带几个员工去探望一个烧伤了脸的女员工。还要告诉她,不会因为这张脸不好看了,就要炒了她的鱿鱼。"

我想,当学生的不该念死书,当老师的更不能教死书。我蓦然想起母校的校训:"学为人师,行为世范"。

后来,这盒化妆品用完了。但那张写着祝福语的卡片让我用精美的玻璃框镶着挂在墙上。

没有谁能一辈子拥有漂亮的容颜，没有谁能永葆青春，只有心灵的美，才是永恒的美。《特别的祝福语》里的主人公向我们阐述了这样一个道理。

一颗美好的心比一张漂亮的脸蛋重要得多。我们评价一个人，应从品格、才能、素质等方面进行，不能只看外表，不能因为外貌不好而否定他。要知道，外貌是绝对值，是无法改变的，但内在的素质品德，是可以由后天培养的。年轻就是资本，但当你不再年轻，心灵美就是你的"武器"。学生时代的我们，拥有绚丽的青春，即使不加修饰，仍然朝气蓬勃。我们的青春，不该浪费在化妆打扮上，而应该努力充实自己，用知识美化我们的内涵。

内容永远比形式更重要，真诚永远比虚伪更可贵。因此，祝福他人，要从内心出发。礼轻情义重，一份礼物重要的是可以表达自己的心意，而不在于价格的昂贵和包装的精美，只有包含了真诚祝福的礼物，才能让接受它的人感到快乐，虚伪的精美包装只会令人唾弃。只有一颗真挚的心，才能送出包含真诚祝福的礼物。祝福，要从心出发。

(刘清泉)

这便是我们受到的"体罚"，并无肌肤之痛，却记忆至深。在弗洛斯特女士任教的几十年中，这样的体罚究竟发生了多少回？我无从得知。

难忘的体罚

◆[美]兰妮·麦克穆林 放 心/译

也许，在这个世界的其他地方同样也有威信极高而能使所有学生都敬畏如神的老师，但肯定不会有哪位老师会像在我们镇上待了三十多年的弗洛斯特女士那样,差不多成了全镇老少的严师,让大家都服膺于心。

我不知道她是如何走进众人心底的,至于我,那是因为一次难忘的体罚:挨板子。

那是一次数学考试。考试前,弗洛斯特女士照例从墙上把那块著名的松木板子取下来,比试着对我们说:"我们的教育以诚实为宗旨。我决不允许任何人在这里自欺欺人,虚度时日。这既浪费你们的时间,也浪费我的时间。而我早已年纪不轻了,奉陪不起——好吧,下面就开始考试。"说着,她就在那张宽大的橡木办公桌后坐了下来,拿起一本书,径自翻了起来。

我勉强做了一半,就被卡住了,任凭绞尽脑汁也无济于事。于是,我顾不得弗洛斯特女士的禁令,暗暗向好友伊丽莎白打了招呼。果然,伊丽莎白传来了一张写满答案的纸条!我赶紧向讲台望了一眼——还好,她正读得入神,对我们的小动作毫无察觉,我赶紧把答案抄上了试卷。

这次作弊的代价首先是一个漫长难熬的周末。晚上,又翻来覆去难以入眠;才迷糊过去,又被噩梦惊醒——连卧室墙上那些歌星舞星们的画像似乎都变成了弗洛斯特女士,真让我心惊肉跳!早就听人说过,教室里一只蚂蚁的爬动也逃不过弗洛斯特女士的眼睛,这么说,她现在只是故意装聋作哑罢了。思前想后,我打定主意,和伊丽莎白一起去自首。

周一下午,我们战战兢兢地站到了老师身边:"我们知道错了,我们以后永远不做这种事了,就是……"(没说出口的是:"请您宽恕!")

"姑娘们,你们能主动来认错,我很高兴。这需要勇气,也表明你们的向善之心。不过,大错既然铸成,你们必须承受后果——否则,你们不会真正记住!"说着,弗洛斯特女士拿起我们的试卷,撕了,扔进废纸篓。"考试作0分计,而且——"

看到她拿起松木板子,我们都惊恐得难以自持,连话也说不囫囵了。

她吩咐我们分别站在大办公桌的两头,我们面面相觑,从对方的脸上看到自己的窘态。"现在你们都伏在自己身边的椅背上——把眼睛闭上,那不是什么好看的戏。"她说。

我哆哆嗦嗦地在椅背上伏下身子。听人说,人越是紧张就越会感受到痛苦,老师会先惩罚谁呢?

"啪"的一声,宣告了惩罚的开始,看来,老师决定先对付伊丽莎白了。我尽管自己没挨揍,眼泪却上来了:"伊丽莎白是因为我才受苦的!"接着,传来了伊丽莎白的呜咽。

"啪！"打的又是伊丽莎白，我不敢睁开眼睛，只是加入了大声哭叫的行列。

"啪！"伊丽莎白又挨了一下——她一定受不了啦！我终于鼓起了勇气："请您别打了，别打伊丽莎白了！您还是来打我吧，是我的错！——伊丽莎白，你怎么了？"

几乎在同时，我们都睁开了眼睛，越过办公桌，可怜兮兮地对望了一下，想不到，伊丽莎白竟红着脸说："你说什么？是你在挨揍呀？"

怎么？疑惑中，我们看到老师正用那木板狠狠地在装了垫子的坐椅上抽了一板："啪！"哦，原来如此！

这便是我们受到的"体罚"，并无肌肤之痛，却记忆至深。在弗洛斯特女士任教的几十年中，这样的体罚究竟发生了多少回？我无从得知。因为有幸受过这种板子的学生大约多半会像我们一样：在成为弗洛斯特女士的崇拜者的同时，独享这一份秘密。

《难忘的体罚》讲述的是：两位学生在数学考试中作弊，还以为可以逃过老师的"法眼"。在经过一番激烈的思想斗争后，他们主动向老师认错。老师接受了他们的认错并用巧妙的"体罚"方法让他们终身难忘。

老师的"体罚"并非"罚"他们的身体，而是让他们从心底里知道自己的错误。这种无肌肤之痛的"体罚"能让学生终身难忘。这是老师的智慧，也是老师对学生无声的爱。面对学生明知故犯的错误行为，老师没有生气，只是无声地去培育，去爱护，去感动他们。

"学春蚕吐丝丝丝不断"，老师像春蚕，把无声的热情默默地奉献给教育事业，"春蚕到死丝方尽"；"做蜡烛照路路路通明"，老师像红烛，燃烧自己，照亮学生前进的路，把无声的爱默默地奉献给下一代，"蜡炬成灰泪始干"。这就是老师！这就是永恒的、无声的爱！

再亮的星辰也会有消逝的时候，再美的花儿也会有凋零的一天，但有一种感情始终不变，那就是老师无声的爱，有一份心意永恒不改，那就是我们感恩老师的心。

(陈俏菲)

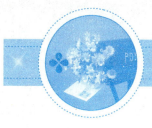

张老师言语哽咽着说："对有的学生，一般的鼓励是没有用的。很多时候，别人的歧视能使我们激发出心底最坚强的力量。"

美丽的歧视

◆胡子文

高考落榜，对于一个正值花季的年轻人，无疑是一个打击。8 年前，我的同学大伟就正处于这种境地，而我则考上了京城的一所大学。

等我进入大学三年级时，有一日大伟突然在校园里找到了我。原来，他也是北京某名牌大学的一员了。

"祝贺你。"我说。

"是该祝贺。你知道吗？两年前我一直认为自己完了，没什么出息了，可父母对我抱有很大希望，我被迫去复读——你知道'被迫'是一种什么滋味吗？在复读班，我的成绩是倒数第五……"

"可你现在……"我迷惑了。

"你接着听我说。有一次，那个教英语的张老师让我在课堂上背单词。那会儿我正读一本武侠小说。张老师很生气地说：'大伟，你真是没出息，你不仅糟蹋爹娘的钱，还耗费自己的青春。如果你能考上大学，全世界就没有文盲了。'我当时仿佛要炸开了。我噌地跳离座位，跨到讲台上指着老师说：'你不要瞧不起人，我此生必定要上大学。'说着我把那本武侠小说撕得粉碎。你知道，第一次高考我分数差了 100 多分，可第二年我差了 17 分，今年高考，我竟然超了 80 多分……我真想找到老师，告诉他：我不是孬种……"

3 年后，我回到高中的母校，班主任告诉我，教英语的张老师得了骨癌。我去看他，他兴致很高，期间，我忍不住提起了大伟的事……

张老师突然老泪纵横。过了一会儿，他让老伴取来了一帧旧照片，照片上，一位学生正在巴黎的埃菲尔铁塔下微笑。

张老师说："18年前，他是我教的那个班里最聪明也最不用功的学生。有一次，我在课堂上讲：'像你这样的学生，如果考上大学，我头朝地向下转三圈……'"

"后来呢？"我问。

"后来同大伟一样。"张老师言语哽咽着说，"对有的学生，一般的鼓励是没有用的，关键是要用锋利的刀子去做他们心灵的手术——你相信吗？很多时候，别人的歧视能使我们激发出心底最坚强的力量。"

两个月后，张老师离开了人世。

又过了4年，我出差至京，意外地在大街上遇到大伟。读博士的他正携了女友悠闲地购物。我给大伟讲了张老师的那席话……

在熙熙攘攘的人群中，大伟突然泪流满面。

在那以后的时光里，我一直回味着大伟所遭遇的满含爱意却又非常残酷的歧视。我感到，那"歧视"蕴涵着一种催人奋进的力量。对大伟和那位在埃菲尔铁塔下留影的学生而言，在他们的人生征途中，张老师的"歧视"肯定是最宝贵最美丽的。

感恩提示

高考落榜的大伟被迫去复读。高考的失败，理想的破灭，还有家人的希望和压力，都让他委靡不振、无心学习，也对自己不抱有任何希望，连上课也在看小说。恨铁不成钢的张老师为了让大伟振作起来，用话语去刺激他。大伟的自尊心让他自己当场立誓：一定要考上大学，别让老师瞧不起。就是这股一定要考上的信念让一个全班成绩倒数的学生经过两年的拼搏，最终考上了名牌大学。

正如文章所说：很多时候，别人的歧视能使我们激发出心底最坚强的力量。其实，一般的道理大家都懂，可是很多时候大家就是没有动力、没有心去做。光是苦口婆心地说教，学生是听不进去的。特别的学生是要用特别的手段去鼓励的。张老师明白，人都是有尊严的，差生也是一样。他像多年前鼓励一个像大伟的差生一样，用"歧视"性的话刺激大伟麻木的心灵，也深深地唤醒了大伟内心深处的好强。为了不被别人小看,大伟将被人侮辱歧视的愤怒化为向上的动力,最终获得了成功。而张老师为了教育学生成才,为了他们有光明的未来,宁愿被学生怨恨,这种伟大的胸怀和对学生的爱,让听到的人怎能不流泪呢?

(韩文亮)

张三慢慢地伸出了那只右手。刘老师靠近一步,紧紧地握住了那三个指头。张三的眼泪哗哗地流了出来。

伸出你的手,伸出我的手

◆厉剑童

二(2)班班主任刘老师这几天一直眉头紧锁,闷闷不乐。一周之内,校长为他这个班上操队列不整齐正式非正式地找他谈过两次话。这令刘老师面子上挂不住。

刘老师是半路上接手这个班的,满打满算不到两个星期。谁都知道,二(2)班是全校出了名的差班。学生迟到旷课、上课做小动作、打架斗殴、上操不认真之类乱七八糟的事时常发生,不少学生把这早已当成了家常便饭,谁说也不在乎。前任班主任老马被搞得焦头烂额,管不了,眼不见心不烦还不行?开学不久便递交了辞职报告,自己炒了自己的鱿鱼,卸掉了"老板"的差事。校长考虑再三,决定让刘老师来接这个烂摊子。

刘老师是市级优秀班主任,每学期都担任班主任职务,按说管班是很有一套的,可这次对二(2)班似乎是无咒可念了,尤其作为班级和学校脸面的两操(早操、课间操)更让他一时无计可施。学生好像有意跟他作对故意考验班主任的能耐似的,你要张三跑整齐了,张三偏慢个半拍;你要李四别说话,李四偏唧唧喳喳麻雀似的说个没完;你要王五伸出手跑,王五偏把手揣在袖子里不出来……凡此种种,不一而足。队伍是稀里哗啦,形同一群散兵游勇。刘老师自从接手这个班后不知在班上强调了多少次,嘴皮子磨穿了也没多大效果。特别是昨天上午,校长又为这个班上操的事找他,让他十分苦恼。刘老师觉得面对这些秃子头上打伞——无法无天的学生,他是爱恨交加。

俗话说,事不过三。刘老师觉得再扭不过上操这个弯,就太对不起校长大人了。刘老师就是刘老师,他突然想到自己惯用的一个带班策略:抓典型,杀鸡儆猴,来个以点带面。主意已定,刘老师不禁得意起来。

课间操时间到了。刘老师早早站在队列的一旁,目不转睛地瞅着队伍。他要抓几个顶风干的学生,让他们知道本老师的厉害。

学生果然不负老师期望,不一会儿,便有一个学生闯进了刘老师的视野。这是一个男生,刘老师记得他好像叫张三。张三个头不高,从开始到现在一直低着头跑,且把一只手缩在袖子里。刘老师毕竟当过多年班主任,他决定来个先礼后兵。他先是望张三一眼,希望他能发现自觉改正。没想到,张三照样不改。又望了一眼,还是如此。在望了第三眼之后,刘老师的火气上来了。

"张三,出来!"刘老师大声说。

张三走出队列,低着头,站在刘老师面前。

"老师三令五申,跑步不准把手揣在袖子里,你有令不遵,无视班级纪律,这不是专门跟老师对着干吗?"

"你这样做像个学生吗?还有个学生样子吗?啊?"

"人家说,一等人不用教,二等人用眼教,三等人没法教。你是几等人?"

当看到不少学生都看着他们时,刘老师故意把声音抬高了,他要杀鸡给猴看,看学生们以后还听不听话。

……

刘老师越说越激动,脸憋得像紫茄子。

张三始终低着头,右手缩在袖子里,一言不发。

当看见张三右手还缩在衣袖里时,刘老师顿时火冒三丈:哼,这不是目无老师吗!简直是对他这个优秀班主任的公然挑战!

"你手有病啊,你,把手伸出来!"刘老师吼道。

张三身子一颤,咬着嘴唇,泪水在眼里打转。

"耳朵聋了?把手伸出来!"刘老师再次一字一顿地重复说。那些跑步的学生都瞪大眼睛看着这边。

刘老师话音落下，张三仍然低着头，眼泪簌簌地流下来。

"哭就算了？我再说一遍，把手伸出来！"刘老师的语气更严厉了。见张三还是站着未动，刘老师干脆上前，一把把张三的那只手拽出袖子。刹那间，刘老师呆住了，因为他看到一只残疾的手，只有三个指头的手！

学生停止了跑步，一个个瞪大眼睛望着他俩。一时间，刘老师不知所措。

刘老师只觉得"轰"的一声，脑袋都大了。自己怎么回的办公室，他后来都想不起来了。

在办公室里，刘老师从其他老师嘴里得知，原来张三上初一的时候，有一次帮家里打场，不小心把右手卷到打麦机里打掉了两个指头。张三为此很敏感很自卑，走路都很少抬头，更不敢把这只残疾的手伸在外边。

都是自己工作不细致，伤害了这个学生的自尊心。刘老师心里那个后悔啊，恨不得有个洞钻进去，永不出来。

当晚，刘老师失眠了。

第二天，刘老师找到张三，两人在学校外的那条小道上边走边谈了整整两小时。

返回学校大门口的时候，刘老师拍了一下张三的肩膀，说："来，伸出你的手，咱们交个朋友，好吗？"刘老师说着，伸出自己的右手，满怀期待地看着张三。

张三不敢相信自己的耳朵。在他的记忆里，自从自己手残了之后，从没有谁跟他握过手。

终于，张三慢慢地伸出了那只右手。刘老师靠近一步，紧紧地握住了那三个指头。张三的眼泪哗哗地流了出来。

第二天的课间操，刘老师看到，张三抬着头，微笑着，右手伸在外边，很有节奏地跑着。那条由本班学生组成的长龙正有节奏地往前移动着……

曾经看过一句话："尊重和爱护学生的自尊心，要小心得像对待一朵玫瑰花上颤动欲坠的露珠。"学生的心是柔软而且纤细的，残疾的学生更是敏感自卑，

他们的自尊心就像花朵上的露珠，稍微碰触一下就会掉落。老师只有学会尊重学生，学生才会尊重和理解他们，才会接受他们的教导。

文中的刘老师为了自己班上操队列不整齐而一直烦恼，所以想杀一儆百，却在不知情的情况下伤害了学生张三的自尊心。知道真相后，悔恨的刘老师对着张三伸出了右手，也伸出了友谊、信任、鼓励和爱。那来自老师的尊重温暖了张三，消除了他的自卑，让他昂首挺胸，自信地微笑，再也不怕把自己残缺的右手暴露在阳光之下了。同学们被老师对学生的尊重和爱护感动，出操的队列也变整齐了。

这也告诉我们，光是说教，学生是听不进去的，只有把学生当做朋友，贴心的交流和足够的尊重才能感化他们。有时候人与人之间的沟通就是那么简单，刘老师伸出了他的友谊之手，让张三看到了一颗真挚赤诚的心，也感受到了老师的爱。我想，无论张三将来受到多少歧视，只要想起刘老师对他伸出的温暖的手，就会有足够的勇气和信心去面对任何困难。 (韩文亮)

那次监考，要是换成别的老师，一定不会说自己想睡的，只有你如实说了……要知道，那次考试没有一个人作弊。

一次监考

◆曾世超

这是我大学毕业后第一年的事了。

我走进教室，把捆成木棒状的考卷重重地敲在讲台上，学生们才安静下来。虽然我没有教这个班级，但我早有所闻，这个班的纪律很差，是全校有名的垃圾班，什么样的学生都有。

我强调了考试纪律，然后把考卷发下去。

发完考卷我就感到头痛得厉害,人也昏昏欲睡。那天我感冒了,中午吃了感冒药,可能是水喝得太多的缘故,药力到现在才起作用。临时叫人代我监考,一时找不着人,再说要通过教务处,麻烦。反正是垃圾班,教室里有供老师休息的靠背椅,拿着放在门内坐下休息一阵子就好了。

我如实对学生们说:"今天我感冒了,中午吃了感冒药,现在很想睡觉,我相信你们会独自做题的。"说着我就拿了靠背椅放在教室的门内,坐下把衣领竖起来,抱紧双臂眯上眼睛,渐渐地进入睡眠中。我本来以为只要眯一会儿就会好的,不想一睡就睡到了考试结束。我当时根本没想到,药力的作用会让刚刚参加工作的我如此无所顾忌,居然在教室里睡了整整一个半钟头,而且还是在期末监考的时候。

我拿着考卷走进教务处,教务处主任就问我:"曾老师,你用了什么办法,让那些调皮捣蛋的学生坐了整整两节课?"我被问得有点儿糊涂,反问他:"学生考试坐两节课有什么奇怪的?"教务处主任说:"哎呀,你不知道,有一次我亲自去监考,结果才考了半个小时,学生就走得一个不剩了。"

晚上,我正在宿舍里休息,传来了一阵敲门声。我很不高兴地去开门,一看,竟然是那个班的班主任李老师。李老师把一袋水果放在桌上,说:"我向你取经来了。"看他不像开玩笑,我弄不明白了,我一名新老师能给他提供什么经验,他可是有着二十几年教育经验的老前辈啊。李老师说:"林主任(教务处主任)给我讲了下午考试的事。"我哑口无言。李老师以为我不愿把经验传授给他,坐了一阵子就不高兴地走了。

新学年开始了,学校组织了一次学生自己挑选班主任的教改尝试,没想到那个班的学生竟然选中了我,而且是全班43名学生一致通过。听到这个消息,我十分震惊,学校里的老师也很惊讶,都私下里议论,像我这样一个刚刚大学毕业的新老师,到底用什么魔法镇住了那帮学生。

学校没有让学生们如愿,但采取了折中的办法,安排我当第二班主任。反正没有什么事,当就当呗,正好可以找机会问问学生,为什么选我当班主任。

过了不久,年级组织拔河比赛,李老师正好到县教师进修学校进修去了,把班级交给了我。我精心挑选了12位男学生,每天下午放学后拉到学校后边的小操场上训练半小时,从如何站立、如何握绳、如何发力等细节进行训练,结果那次拔河,班级夺得了第一名。

拔河比赛过后,我趁学生兴奋的时候,给学生们上了堂思想教育课,什么团结就是力量,什么信心是成功的动力源泉,什么纪律是行动的保证等,讲了一个多小时。

一年后,那个班级竟然一跃成了全校的文明班级,学习成绩、课堂纪律、卫生区打扫、黑板报评比等方面的评分都位居前列。

我调到了另一所中学,临行前我去和学生们道别,许多学生竟然流下了热泪。我问一名学生,为什么当初挑选班主任会选上我?那名学生告诉我:"就是因为那次监考,要是换成别的老师,一定不会说自己想睡的,只有你如实说了……要知道,那次考试没有一个人作弊。"

我终于明白了,那次监考的以诚相待,为我赢得了学生的尊重。

一位刚参加工作的老师在"垃圾班"监考,他告诉考生,他因药力作用想打瞌睡,之后便睡了整整两节课直至考试结束。期间竟没有一个人作弊!后来这个班的学生举荐他为班主任,在他的带领下,"垃圾班"一跃成为文明班。为什么?因为他以诚信对待学生,所以赢得了学生的爱戴和尊重。

池田大作说过这样的话:"一个诚实的人,不论他有多少缺点,同他接触时,心神会感到清爽。这样的人,一定能找到幸福,并在事业上有所成就。"这是因为以诚待人,别人也会以诚相待。诚实的老师,言行一致,胸怀坦荡,光明磊落。他们总是以真诚的一面出现在学生面前,不管什么时候,总能赢得普遍的信任。

老师与学生的深厚感情便在这样的相互信任中萌芽、生长。老师的关怀就好似和煦的春风,温暖了我们的心灵。老师的细心呵护让我们健康成长,让小树在金秋时节结下硕果。

老师啊,您言传身教,育人有方,甘为人梯,令人难忘。老师——人类灵魂的工程师,唯有这光辉的名字,才拥有像大海一样丰富、像蓝天一样深湛的内涵!

(陈筱婧)

我问老师,您为什么不当众揭穿我?他只说了一句话,因为我是老师。

因为我是老师

◆万安峰

那时,教我们文科班语文的王老师每次上作文课都有个特点,就是喜欢在全班点评一篇他认为写得最好的学生习作,而每次点评的总是沈君的作文。

五十多岁的王老师清清嗓子,摇着满是花白头发的脑袋,用他特有的带点儿赣南口音的普通话,抑扬顿挫地读着沈君的作文,每当这时,沈君总会不由自主地低下头,他的旁边便会响起一些不合时宜的嬉笑声。

"老师,他的作文是抄来的,我在作文书上看过!"有一次,一个学生举手提出异议。

这时,王老师的目光静静地拂过全班每一个人。他是一位慈善的老人,也是学校学识颇为渊博的老教师,据说他写的书和发表的文章有一大摞。他的目光总是那样深邃,让人想起沧桑的岁月。

他庄重地说:"我们应该相信沈君同学的实力,他应该写得出这样的好作文。"说完,他意味深长地看了沈君一眼。

沈君乱蓬蓬的头埋得更低了,仿佛要藏进课桌底下。

下课时,王老师叫沈君去办公室一趟,有人便幸灾乐祸地向沈君挤眉弄眼。沈君红着脸,低着头,慢腾腾地随着枯瘦如柴的王老师走进了办公室。

当沈君出来时,他的脸上依旧红扑扑的。有同学问他,老师是不是骂了你?他什么也没说,只是背过身去,用衣袖拭了拭眼角。

以后,王老师依旧会念沈君的作文,只是班上的嬉笑声少了,沈君的头也渐渐地抬了起来。

后来的高考,沈君超水平发挥,考上了北京一所名牌大学的中文系,这对我们那所普通的学校来说是破天荒的,甚至连整个县城也轰动了。许多人都觉得有些不可思议,因为沈君以前只是个默默无闻、极其普通的学生,有的人便酸溜溜地说:"这小子运气好。"

只有王老师说:"我们应该相信他的实力。"

在大学毕业前的最后一个寒假,我们一些曾经要好的中学校友,冒着风雪来到母校专程看望教过自己的恩师。沈君也来了,他说虽然一直忙着写论文,这次说什么也要见到已经退休的王老师。我们急匆匆地赶到王老师家,王老师的家人却凄然地告诉我们,积劳成疾的王老师因为肝癌晚期,退休不久后便逝世了,他临走时还翻阅着以前学生的作文……

沈君的泪当时就流下来了。

离开王老师家时,沈君迎着寒风说:"我永远记得那次作文抄袭事件,在办公室里,王老师拿出一本刊物,里面的一篇文章与我的作文一模一样,而那篇文章原来竟是老师发表过的作品。老师用的是笔名,我竟然抄袭的是老师的作品。那一刻,我愕然了。我问老师,您为什么不当众揭穿我?他只说了一句话:因为我是老师。"

那一刻,我们都默立许久,任由雪花飞舞,披满一身。

后来,毕业的我们各奔东西,沈君放弃了读研究生的机会,回到母校工作,成了一位像王老师一样的普通语文教师。整个县城再次轰动了,亲戚朋友都说他疯了,放着大好前程不要,回老家做甘坐冷板凳的教书匠、孩子王。

只有我们知道,其实沈君比谁都清醒。

感恩提示

踏进校门,对未来充满了期待,充满了幻想,却对脚下的路十分迷茫。是谁把无知的我们领进宽敞的教室,教给我们丰富的知识?是谁把调皮的我们教育成能体贴帮助别人的人?是谁把幼小的我们培育成成熟懂事的少年?

在我们的心里,老师是蜡烛,总是燃烧自己带给我们光明,清除在探索知识道路上的黑暗……他们一直在努力,一直在为学生无私献出自己的才华和青春。

　　老师多像那默默无闻的树根，使小树茁壮成长，又使树枝上挂满丰硕的果实，却并不要求任何报酬。"因为我是老师"一句意味深长的话，这是为"老师"这个名称而自豪，以"老师"这个名称来自勉。萤火虫的可贵，在于用那盏挂在后尾的灯，专门照亮别人。是老师为我们注入了新的血液，抹去了心中的茫然。

　　一代又一代老师传播着知识，一代又一代知识的积累造就了人类文明，当我们享受着这一切时，怎能不感谢师恩。或许我没有成材，但老师教我成人，这其中又有多少的艰辛和付出？老师，请容许我说一句："老师，辛苦了，谢谢您！"

（陈汝芳）

　　若不是那次意外，也许我命运的河流会在 14 岁那年改变方向，流向一个不知名的地方。

一张丢失的扑克牌

◆天　耕

　　读初二时，我迷上了上网，放学后常常偷偷钻进网吧。就是在那时候，我的心灵受到了黄色网站的侵袭。一天，我禁不住一个长发青年的游说，高价买了一副扑克牌。那不是一副普通的扑克牌，不普通之处在于那撩人心魄、让人脸红心跳的图片。

　　此后的日子，我几乎成了那副扑克牌的精神囚徒，一遍一遍地偷看，一次又一次地幻想……慢慢地，我变了，变得孤僻了，喜欢一个人待在角落里；变得寡言少语了，一吃饭就扎进屋里……这一切，只有我自己最清楚：全都是因为那副扑克牌。

　　若不是那次意外，也许我命运的河流会在 14 岁那年改变方向，流向一个不知名的地方。

那天上完体育课后，我突然发现放在桌洞里的那副扑克牌少了一张！那时同学们都很单纯，如果同学或老师知道了我沉迷于这种见不得人的东西的话，那他们一定会把我当做一个流氓看待的！

那是一张红桃K，我记得很清楚。我怕运动时那副扑克牌掉出来，所以上体育课前特意把它从兜里掏出来放进桌洞里。我一遍又一遍地数着那副扑克牌，一点儿没错，53张！我一次又一次地仔细排查着它所有可能出现的地方，但杳无踪影。

接下来的几天里，我被那张"丢失"的扑克牌折腾得心神不宁。我觉得自己很坏，很肮脏，甚至三五个同学在一起小声说笑也都让我紧张不已：他们莫非是在说我？

那剩下的53张扑克牌从此像烫手的山芋一样，让我不知如何是好。想把它们藏起来，但放进柜子里没过5分钟便又拿了出来，唯恐不小心被人翻出来；想将其烧掉或扔掉，却心有不舍，无法说服自己。最后我只得把那副扑克牌放进裤兜里，不敢看，也不舍得扔。

我这才知道，当初买下它是大错特错。

眼看就要进行期末考试了，同学们都在专心致志地复习，而我却怎么也调整不好情绪。青春期的骚动与自责使我心灵的天空一片晦暗。

一天下午放学，班主任老师突然叫住了我："子蒙，你到我办公室来一下。"我心里忐忑不安，一定是平素严厉刻板的班主任发现我这段时间不对头，要"修理"我了！

"子蒙，眼看就要考试了，同学们都在用功复习，唯独你心神不宁的，怎么回事？"

"没，没什么，老师，我也在努力……"我声音颤抖，语无伦次。

"你是个爱学习、肯用功的孩子，这一点老师看得一清二楚。"班主任顿了顿，轻轻地拍了拍我的肩，意味深长地说："这段时间我一直在注意你的变化。我的儿子也跟你一般大，我明白这个年龄段的孩子心理以及身体上的变化，这都是正常的，但一定要处理好，要树立起真正的价值观，不利于身心健康的东西要坚决抵制！"

我的心倏地跌进了万丈深渊，完了，这下我完蛋了。然后她话锋一转："你最近成绩下降得很厉害,不过你基础打得牢,只要好好用功一定能赶上的。我这有一本辅导书,上午我给儿子买时顺便给你买了一本,你拿去看吧。老师希望看到的是一个懂得如何善待青春、战胜自己的孩子,而不是一个误入歧途不能自拔的学生。记住,青春期的迷惑与压抑每个人都会经历,关键是要给它们找个合理的出口……"

我不知道是如何捧着老师的那本书走回教室的。回到座位上,我轻轻打开那本散发着油墨香味的书,一张刺眼的扑克牌映入眼帘,正是我丢失、遍寻不着的那张!

原来,那天我匆匆把它们塞进桌洞去上体育课时,不小心将这张滑了出来,被前来检查教室的班主任发现并收了起来。班主任为了保护一个正值青春期的男孩的自尊心,故意将这张扑克牌压了下来。她没有严厉批评、指责我什么,却让我有了从此与不健康事物决裂的决心。

当天黄昏,我把那54张扑克牌同一块石头一起裹进报纸里,狠狠地投进西涡河。我想,随滚滚河水一起流逝的,不仅仅是一副扑克牌,还是一段有些晦涩的青春往事,以及内心深处的那份恐惧与迷茫。

我步履轻松地走在回家的路上,感觉自己长大了许多……

情窦初开的主人公受到网上不良传媒的影响而深陷泥潭,沉迷于一副特殊扑克牌而不能自拔。在发现丢失了一张牌后变得焦虑不安。后悔不已的他在老师的循循善诱下重返正轨,那副扑克牌随着青春的滚滚河水一起流逝。

老师在学生幼小的心灵播下了希望的种子,盼望着这颗种子快点儿发芽、开花、结果。老师给予学生太阳般的呵护、露水般的滋润,宛如夜空中那颗闪烁的星星,照亮了他们青涩的少年时代。

教师是一种劳心劳力的职业,更是一种无比高尚的事业。早在唐代,韩愈就给老师下了一个定义:"师者,所以传道授业解惑也。"清代的曾国藩是这样解释的:"传道,谓修己治人之道;授业,谓古文六艺之业;解惑,谓解此二者之惑。"两位先哲看到现在的老师后,一定会为老师的"吐丝"精神赞叹不已。

任岁月潺潺地流淌,不能忘怀的始终是老师的目光。它洞穿千年的风霜,伴随着竹露的清响,带来朝露中第一缕阳光。感谢师恩,也许我们将永远无以为报。

(谭英耀)

一转眼,在老师走出音乐教室之前,我忽然看见老师眼睛上的泪光。原来老师也流泪了。我的眼泪为自己的笨拙,而老师呢?

不会唱歌的人

◆(中国台湾)张宁静

有些人是天生的音乐迷,不是唱歌就是弹琴。我生来愚笨,对这两样都不喜欢,而且还有一种反感。在"爱唱歌的孩子不会学坏"的原则下,我这个相当"安静"的人,日子就过得很不平凡了。

小学时不爱唱歌,老师不爱,同学不羡,可以说没有人喜欢,也没有风头可出,不过日子还是平凡。可是升到初中后,我的日子就不平凡了,因为我的音乐老师很细心,很认真,很凶,对不开口唱歌的人,绝不客气。

"唱呀!你!"老师指着我。

我不会唱,嘴无法张开。

"唱呀!你!"老师又说。

我还是不会唱,嘴还是张不开。

老师认为我是抗拒命令,罚我站墙角,一次站墙角,两次站墙角,三次……几次之后,老师知道我不会开口了,索性不准我在教室里,从此我成了"逃兵"——老师心目中最可憎的人!

初中毕业时,我的成绩平均是84.5分,但音乐一科是0分,可见老师多么不喜欢我!不过按照学校的规定,不管总平均分数是多少,如有0分,必须补考。天哪,我还是得过这严酷的一关。我自知毕不了业了,因为3年都没有学会唱歌,3天又怎能学会呢?这件事情传到校长的耳朵里,老师为我打气,我的同学更为我愤愤不平,因为音乐并非主课,不论我将来升学或就业,都与会不会唱歌没有太大的关系。不过校规还是校规,于是他们"发明"了一个办法:他们集中在音乐教室门外,当补考时音乐老师的钢琴一响,就在窗外来个大合唱,我只要跟在他们的声音里哼就成了。说得也是,补考时,他们果然在窗外大吼大叫地唱起来,我在音乐教室里,被他们洪亮的歌声感动了,潸然泪下之余,喉咙里终于"哼"了起来了。

可是,仅哼了半句,音乐老师猛然把钢琴盖子合起来。

"好了,不用唱了,"音乐老师说,"补考及格!"

老师终于适时地放我一马,我很高兴。可是,一转眼,在老师走出音乐教室之前,我忽然看见老师眼里的泪光。原来老师也流泪了。

我对这件事记忆深刻,我不知道老师为什么流泪。我的眼泪为自己的笨拙,而老师呢?

30年后,我与这位折磨过我3年的老师在欧洲相遇,当然,我不再恨他了。我陪他参观肖邦墓,那是一个秋叶燃烧的美丽黄昏,略有感伤的气味。我问老师是否仍在教授音乐。老师说,自我毕业后,他就改行了。我心里一震,问他为什么。老师说:"你也许恨我,但教你音乐是我的职责,我可以马虎,但对不起良心。我知道你不是好的音乐人才,但你在我眼里一样可以有天使的声音呀……不过,我那时太年轻了,我折磨你,我比你还痛苦……所以改了行……"

"老师,"我说,"我也太年轻,我只知道我的痛苦,不知你的……"

年轻的音乐老师是一个认真负责的人,每个学生都能感受到音乐是他的愿望。在他的心目中,学生都是天使,即使没有音乐天赋,还是能唱出虽然不动听但却如天使一般纯真的歌。为此,他硬逼"我"开口唱歌,还抓"我"补考音乐。对音乐反感的"我"痛恨音乐老师的折磨,一直到多年后再次相遇,"我"才明白音乐老师一心想教育学生成才和尽心尽责的心情。多年前老师流泪,是为了同学们之间的友爱互助,也是为了大家对他的不理解。那晶莹的泪光里,满满的是老师对"我"的愧疚,还有无法言说的痛苦。

"我"是幸运的，因为音乐老师会因为无法明确表达他的爱而为我流泪。俗话说：可怜天下父母心。其实老师的心就像父母的一样，也许他爱的方式让你难以接受，但只要你明白无论做什么，他总是为你好，多点儿角度去理解他，你就会发现，老师一直捧着一颗用泪水洗过的最真诚的心，站在靠你最近的地方，带给你一生的感动。

（韩文亮）

当他真的准备抽签时，却突然改变了主意，说道："你们所有人都去。"

洛恩·克拉克：我敬重的老师

◆[美]塔玛拉·劳利阿诺　朱恒章/编译

克拉克先生知道我能变好，我不能让他丢脸。

这是多年以前的事了。我家住在哈莱姆（纽约市一个以黑人为主的贫民居住区）的西班牙裔美国人聚集区。我的新老师刚到校的那天，我就不禁放肆地大笑起来。洛恩·克拉克先生，27岁，说话带有奇怪的南方口音，是北卡罗来纳州来的年轻白种男子。他说他曾经是一个唱歌侍者。我琢磨着，这个大男人到底是个什么人？

时间回溯到1999年。我正在纽约市第83公立学校上小学五年级。我当时是个爱惹是生非的学生，喜欢在校园里大喊大叫，经常被叫到校长办公室接受训导。而在屡教屡犯之后，老师也只得对我听之任之。"洛恩·克拉克先生也不过如此"，我心里揣测着。

然而我这次却没有猜对。在克拉克先生来校的第一个星期，我不时地给他添点儿麻烦。于是克拉克先生把我拉到走廊里，要我表现得好一点儿。"塔玛拉，"他说道，"你是一个聪明的孩子，你会变好的。"

克拉克先生认为我在同学们中间是一个天生的孩子王，如果我对自己负责的话，就应该在自己的生活中前进一大步。我一开始对这些话并没有听进去，并且表现得很不耐烦。然而，事情很快就发生了变化：我开始对他尊敬起来，感到他是一位不寻常的老师，教学方法与别的老师迥然不同。

我们班一共有 29 名学生。在地理课上，为了帮助我们记住每个州和州首府，克拉克先生改编了一首流行歌曲中的歌词，与我们一起唱，一起跳。当我们阅读《哈利·波特》丛书时，克拉克先生将教室打扮成书中描述的场景，让我们感受它的氛围。在美国总统大选期间，他又将各种竞选标语、海报贴在教室的墙上，并用 5000 个红色、白色、蓝色纸质星星装饰在四周。

像大多数教师一样，克拉克先生也有自己的许多原则：对待人与人之间的关系要像一个家庭一样、不要在公共场合插队、不要随便打断其他人的讲话……不过他与别人明显不同的是他处世的方式。午餐时，克拉克先生不像别的教师那样到教员食堂用餐，而是与我们一起吃。我和同学们都很纳闷儿，他为什么这样做？

克拉克先生常跟我们聊我们的日常生活；在课休期间，他会来到我们中间，向我们学习怎样跳绳；下雪天，他会跑来和我们打雪仗……

在来纽约市第 83 公立学校之前，克拉克先生在他的家乡北卡罗来纳州贝尔哈文的斯诺顿小学教书。他的父母在一家舞蹈俱乐部任职，因此他是伴随着舞蹈的活力长大的。克拉克先生告诉我，他原本希望过一种具有冒险色彩的生活。但是，当本地一所小学的一位教师去世后，他的母亲就鼓励他，并帮助他申请到那一教职，克拉克从此爱上了教书生涯。他在一个电视节目上看到我们这所学校麻烦不断，缺少合格的师资，便来到了哈莱姆。他想要接受一次挑战。好家伙，他真得要面对这一艰巨任务了。

克拉克先生刚到我们班任课时，我的内心隐藏着不少愤恨。我出生在哈莱姆这一贫困区，家中只有母亲、外婆和一个妹妹，从未见过父亲。这个社区治安环境极差，每天要提心吊胆地防备街头枪战，不少被子弹击中而负伤或被射杀的孩子我都认识。还有一些朋友最终进了监狱或怀了孕。我也可能面临同样的命运。但是克拉克先生和我母亲执意不让这类事在我身上发生。

克拉克花费了很多时间为我进行个别辅导，以确保我完成每天的作业。经过一段时间的努力，我的学习成绩上去了。事实上，我们整个班的算术和阅读成绩都有了提高。升入六年级时,我进入了一个有天分的学生的培训项目,克拉克先生正是这个项目的任课老师。能在第二年再次成为他的学生,我感到十分幸运。

克拉克先生这次把我们全班都带到曼哈顿去看一出高雅的舞台剧——《歌剧之魂》。班里的一些同学还是第一次走出哈莱姆地区。在演出之前,克拉克先生把我们带到一家餐馆吃饭,并教我们怎样以文明的方式放低声调说话——这种方式通常在我住的贫困社区是学不到的。他指导我们说"是的,夫人"或"不是,先生"之类的用语。我们都认真模仿,下决心不给他丢脸。

当克拉克先生被选为"2003年迪斯尼荣誉教师"时,同学们都不感到惊奇,因为这对他来说名副其实。克拉克先生在获得这一消息后立即说要从一只帽子中抽出3个学生的名字,带他们去洛杉矶迪斯尼乐园领奖。可是当他真的准备抽签时,却突然改变了主意,说道:"你们所有人都去。"

于是,克拉克先生开展了一场募捐活动,得到了足够的钱。我们坐上飞往加利福尼亚的航班,到达了洛杉矶,37名同学都住进了希尔顿酒店,并且一住就是3天,目睹这一情景的人们无不感到惊异。克拉克先生确实是真心地关爱我们。在这个世界上,大多数教师都不可能做到这一点,并且,他对我们的某些看法的确与众不同。

毕业那天,同学们的脸上都挂满了泪水,大家都不希望他教的课就这样结束了。在我升入初中的第一个星期的一天,克拉克先生竟然又出现在我的面前,不过他是来与我们告别的。

2001年,克拉克先生移居亚特兰大,继续与我们保持着联系。从那时起,他开始就教育问题向公众作了多次演讲,并根据自己在教学实践中的体会写出了一本畅销书:《55条基本要素》。

2003年,克拉克先生又带领我们中的一些同学飞到南非,将一些学习用品赠送给当地的学校并参观了几所孤儿院。这一旅程是我生活中最难以忘怀的经历,我现在梦想着有一天要创建几个妇女俱乐部,去帮助有着各种困难的贫苦民众。

我很快就要从哈莱姆的利内圣斯高中毕业了。我目前的学习成绩十分优异,盼望着将来能进入法学院学习。今年秋季,克拉克先生将在亚特兰大开办一所以他的名字命名的学校。这个学校专门为那些有潜质,但还没有实现目标

的孩子而设。那些与我的过去有着同样经历的孩子将在克拉克先生的培育下醒悟。

感恩提示

"克拉克先生知道我能变好,我不能让他丢脸!"表明了自己能完成学业的决心。他耐心教导的话语、独特的教育方式和处世原则,以及他在生活中与同学们一起用餐、跳绳、打雪仗等平易近人的举动深深地影响着"我"。没有华丽的文字,也没有细腻的刻画,质朴而简练的几笔,一个值得敬重的灵魂便在纸上浮现。

克拉克先生将给孩子带来更多的希望,在他的培育下,会有更多人才的涌现。世界上还有很多克拉克式的老师,他们为孩子们的未来坚持着,奋战着。老师以其无私和博大,在"润物细无声"的柔情中洗涤我们狭隘而粗俗的性情。在老师写满期盼的目光中,我们蹒跚而行。

老师,您不是演员,却吸引着我们饥渴的目光;您不是歌唱家,却让知识的清泉叮当作响,唱出迷人的歌曲;您不是雕塑家,却塑造着一批批青年人的灵魂……老师啊,我怎能把您遗忘!

刻在木板上的名字未必不朽,刻在石头上的名字也未必流芳百世;但是,老师,您的名字刻在我们心灵上,真正永存。

(杜文英)

如果每个曾经受到伤害的孩子都能遇到罗妮那样的好老师,那么他们的人生也一定会美到极致!

星期一下午的素描

◆田祥玉/译

在我9岁的时候,母亲离开破产的父亲远嫁给了芝加哥的一位富商。事业婚姻接连受挫的父亲从此一蹶不振,我成了实实在在的弃儿。我几乎是在一夜之间长大的,同时也认识了这个世界的冰冷无情。是的,新到的班主任罗妮是一个20岁的大姑娘,虽然她有一头瀑布似的黑发,笑容也很亲切,但我对她有种天生的抵触情绪:她的样子跟我妈妈太相似了!罗妮每次都以最大的宽容来对待我的反叛,我对此不屑一顾。

罗妮老师教我们"美国近代史"。除了我,好像所有人都认为她的课讲得棒极了,这些肤浅的同学,他们往往以貌取人。

记得三年级快结束了,有一天放学后,我在街上闲逛够了回到家时,看见罗妮老师正和我爸爸聊得开心。我对罗妮的讨厌突然变本加厉,冲过去就朝她怒吼:"别在我爸爸面前胡说八道!"罗妮老师很尴尬地起身走后,父亲为此狠批了我一顿。这更加增添了我对她的反感。

其实,我也知道不该去酒吧喝酒跳舞;不该逃课满世界瞎逛没有一点儿淑女的样子;更不该把对妈妈的仇恨,全部发泄到罗妮老师身上。但这些想法都是在我晚上独自躺在床上时才有。

四年级时,班上来了个叫汉姆的素描老师。他一头金黄的鬈发,穿一件花白的牛仔。简单的自我介绍后,汉姆老师转身在黑板上画了起来。3分钟后,他神秘地转过身,用深邃的目光看着我,全班的同学也一起把目光投向我。黑板

上有一个歪着嘴巴嚼着口香糖、跷着二郎腿的女孩。汉姆老师画的是我,虽然同学们都发出轻蔑的耻笑声,但我却很喜欢这幅画,那是真正的我!汉姆接下来说:"这个女孩很特别,有一种成熟的忧伤和纯真!"对于一个12岁的女孩来说,被别人夸作特别和成熟是一件多么自豪的事情。

汉姆老师为我画的素描深深地留在了我的心里,我坚信,再没有人比他更了解我。我决心好好学习素描,在汉姆老师的课堂上绝不捣蛋,绝不逃课。

我买来了大量的素描纸、铅笔,还有画夹,不分时间场合地学习素描。

其实,只要真正爱好一件事情,用心就会做得最好。我突然变成了素描迷,关注学校的每一场画展,省下零用钱买来很多素描指导书。虽然我的其他课程每门都是最后一名,但我的素描在班上已无人能比。汉姆老师很欣赏我,这也是我努力学习素描的重要原因。

我开始盼望周一下午素描课的到来,期待汉姆老师抱着大画架走进教室,想象着他在讲台前站定打量教室一圈后将他深邃的目光投到我的身上,我深深陶醉于他每次轻轻扬起我的素描诡秘地宣布:"南希的素描又是最好。"

汉姆老师说过:"一个人一生只要成就某一方面的伟大,那他就是伟大的。"我对此深信不疑,我要为汉姆老师成为伟大的素描画家。

然而,6月的一个下午,我却在一家商场发现了汉姆老师和罗妮老师在一起,他们亲热地牵着手。我绝望地跑回家,大哭一场。为什么一切美好的东西都会被别人抢走,而我什么也没有?

第二天下午是罗妮老师的历史课,那天她穿了条紧身的粉色毛线裙,幸福写满全身!我从抽屉拿出一张大16开白纸,削尖了红铅笔就开始在纸上画,我要把罗妮画成丑八怪:腰和臀一样粗,胸部袒露在外,笑容恐怖……尽管罗妮老师身材高挑、眼睛美丽、笑容灿烂。画完后,我满意极了,用黑铅笔在下面写上"罗妮女巫"。我幸灾乐祸地抬起头,罗妮老师还在讲台上讲得很起劲呢。我又拿出心爱的蓝铅笔,在"女巫"右边开始认真地勾画:披肩的鬈发、深邃的眼睛、坚毅而又立体的下巴、修长的腿……画完后,我自己都惊呆了:我对汉姆老师的样子竟然这么熟悉!我兴奋地在汉姆的画像下虔诚地写下"汉姆王子"。

再次抬起头,罗妮已经站在了我的身边,全班三十几双眼睛都盯着我。我低下头,无奈地摊开双手,"女巫和王子"轻轻地从我的桌子上飘到罗妮的手中。我相信这绝对是我的刑场。

"从来没见过这么好的素描！"我突然听见罗妮老师清脆的声音自前方响起。我抬起头，她正用赞赏的眼光看着我："南希，你的素描真的很棒！能把自己画得这么惟妙惟肖，证明你一定能成功！"同学们吵着要看我的自画像，罗妮却说："我请汉姆老师给这幅画打分了再给你们看。"我无地自容，把她画得这么丑，她居然还在同学们面前维护我的自尊。

　　星期一的素描课，汉姆老师举着一张大16开的素描纸，再次把他深邃的眸子定格在我的脸上："南希的素描又是最棒的！"同学们争先恐后地开始传阅那张素描。我看见了纸上的女孩：双手插在裤兜里，头高高地昂着，微风将她的长发轻轻吹起，她的脸上充满幸福和自信。画像写着"南希自画像"。汉姆老师大声地表扬道："能把自己的样子画得如此深刻真实，还有什么事会难倒你？"教室里响起了热烈的掌声，我却将头埋得低低的。

　　后来，汉姆老师私下里夸我那幅画像画得最好，我才明白，原来是罗妮老师为我画了像，并且什么都没跟汉姆讲。其实，最了解我最关心我的是我一直讨厌的罗妮老师……

　　多年后，我已是纽约有名的素描画家，罗妮老师为我画的那幅画一直在我身边。是的，12岁的那个星期一下午，我终于重新认识自己，我终于感到自己不再不幸也不再是一个人；而且，我知道了学好素描的同时也要学会做人，我要用成功去报答罗妮老师为我所做的一切。如果每个曾经受到伤害的孩子都能遇到罗妮那样的好老师，那么他们的人生也一定会美到极致！

　　"如果每个曾经受到伤害的孩子都能遇到罗妮那样的好老师，那么他们的人生也一定会美到极致。"这是我在《星期一下午的素描》中看到的最触动心弦的一句话。南希是一个受到伤害而自暴自弃的女孩。罗妮老师默默地帮助她，让她逃离悲伤的旋涡。

　　我不禁想到了自己。以前，我也是一个受伤的小女孩。在忧伤灰暗的日子里，是我的老师，一直在我身边支持我，用温馨的话语抚平了我的忧伤。在被调走的前一天，她在我的作文本上写下了这样一段话："假如我还是你的班主任，绝不让你再逃避；假如我依然是你的知心姐姐，绝不让你再伤心落泪；假如我们的分别是伤心悲痛,那也是为了明天的重逢。"这段话如烙印般铭刻在我心中。我是幸运的,因为我遇到了好老师。

老师,您是海洋,我是贝壳,是您给了我斑斓的色彩。老师,感恩有你在身边,你让我们在受伤时有人疼爱,被人理解,让我们在该告别忧伤时,挥一挥手,不带走一片云彩。老师,让我们带着感恩的心为你唱出心中的歌曲:"感恩的心,感谢有你,伴我一生……"

(陈俏菲)

倘若你们喜欢"低能儿"这贬称,那么你们尽可以走,换个班好了。这间教室里没有低能儿!

你们都是最优秀的

◆[美]珍妮丝·康纳利

我开始教学生涯的第一天,先上的几节课还顺利。于是我断言,当教师是件容易的事。接着,轮到了我那天的最后一节课——给(7)班上课。

当我朝教室走去时,我听见了桌椅乒乒乓乓的撞击声。我走进教室,见一个男孩将另一个男孩按在地板上。

"听着,你这低能儿。"被压在底下者嚷道,"我又没骂你妹妹!"

"不许你碰她!你听到我的话了吗?"骑在上面那男孩威胁道。

我用黑板擦在讲桌上拍了拍,叫他们停止打斗,刹那间,14双眼睛刷地一下集中到我脸上。我意识到自己没什么震慑力。那两个男孩悻悻地爬起来,慢条斯理地走到自己座位上。这时,走廊对面教室的老师把头伸进门来,呵斥我的学生们。我感到无能为力,被冷落在一边。

我尽力地讲授我备好的课,但遇到的却是一张张谨慎戒备的面孔。下课后,我拦住了打架的那个男孩,他叫马克。"太太,甭浪费时间喽!"他对我说,

"我们是低能儿。"说罢便优哉游哉地溜出了教室。

我一听顿时瞠目结舌,颓然跌坐到椅子上,开始怀疑我究竟是否该当教师。像这样尴尬地收场,难道是解决问题的办法吗?我对自己说,我姑且忍耐一年——待翌年夏天结婚后,我将去做更有收益的事情。

"他们让你为难了,是不是?"先前进来干涉的那位同事问。

我点点头。

"别犯愁,"他说,"我在暑期补习班教过其中许多人。他们中的大部分都将毕不了业,我劝你不要把时间浪费在那帮孩子身上。"

"你的意思是……"

"他们生活在田间的小棚屋里,他们是随季节流动的摘棉工的孩子,只有在心血来潮时,他们才会来上学。昨天摘蚕豆时,挨揍的那男孩招惹了马克的妹妹,哥哥便来报复。今天吃午饭时,非叫他们闭嘴不可。"

"你只需让他们有点儿事做,保持安静就行了。如果他们惹麻烦,就打发他们来见我。"

当我收拾东西回家时,总也忘不了马克说"我们是低能儿"时脸上的表情。低能儿!这字眼在我脑海里反复出现。我琢磨了许久,认为必须采取点儿戏剧性的行动。

次日下午,我请求那位同事别再进我教室来,我要按照自己的方式来管束这些孩子。我返回教室,逐个打量着学生们。然后,我走到黑板跟前,写上"丝妮珍"。

"这是我的名字,"我说,"你们能告诉我它是什么吗?"

孩子们说我的名字挺古怪的,他们以前从没见过这样的名字,于是,我又走近黑板,这次我写的是"珍妮丝"。几个学生当即脱口念出声来,随后蛮有兴趣地说那就是我。

"你们说得对,我的名字叫珍妮丝。"我说,"我刚上学时,老把自己的名字写错。我不会拼读词语,数字在我脑海里浮游不定。我被人称做'低能儿'。对了,我是个'低能儿'。我至今依然能听见那些可怕的声音,感到羞惭不已。"

"那你是如何成为老师的?"有个学生问。

"因为我恨那外号。我脑子一点儿也不笨,我最爱学习,所以才会在今天给你们上课。倘若你们喜欢'低能儿'这贬称,那么你们尽可以走,换个班好了。这间教室里没有低能儿！"

"我不会迁就你们。"我继续说，"你们要加倍努力，直到你们赶上来。你们将会以优异的成绩毕业，我还希望你们当中有人接着读大学哩。这可不是开玩笑，而是许诺。在这间教室里，我再也不想听到'低能儿'这词儿了。因为，你们都是最优秀的！你们明白了吗？"

这时，我发现他们似乎坐得端正些了。

我们确实非常努力。时隔不久，我便看到了希望。尤其是马克，相当聪明。我听他在走廊内对另一个男孩说："这本书真好，我们原先从没看过小人书。"他手里拿着一本《杀死模仿鸟》。

几个月眨眼就过去了，孩子们的进步令人吃惊。有一天，马克说："人家认为我们笨，还不是因为我们讲话不合规范。"这正是我期待已久的时刻。从此，我们可以专心学习语法了，因为他们需要它。

眼看 6 月日益临近，我心头好难过，他们要学的东西实在太多了。我的学生都知道我即将结婚，离开这个州。每逢我提起这事，(7)班的学生们便明显躁动不安起来。我为他们喜欢我而高兴，但是我就要离开这所学校了，他们会生我的气吗？

我最后一天去上课时，一走进大楼，校长即招呼我："请你跟我来，好吗？"他面无表情地说："你教室里出了点儿蹊跷事。"他径自直视前方，带着我穿过走廊。我暗自纳闷儿：这次又是怎么啦？

嗬！(7)班的教室外边，14 名同学整齐地站成两排，个个笑逐颜开。"安德逊小姐，"马克不无自豪地说，"(2)班送给您玫瑰，(3)班送给您胸花——然而，我们更爱您。"他示意我进门，我凝神往里头瞧去。好绚烂缤纷啊！教室的每个角落都摆着花枝，学生们的课桌上放着花束，我的讲桌铺了一块大大的花"毯"。我分外惊讶！他们是怎么办成这事的？要知道，他们大多来自贫困家庭，为了吃饱穿暖得靠学校补助。

此情此景，使我不由得哭泣起来，他们也失声跟着我哭了起来。

后来，我才弄清楚他们办这事的经过。马克周末在当地花店干活时，看到了别的几个班为我订的鲜花，遂向同学们提到它。这个自尊心极强的孩子，再不能忍受"穷光蛋"这类带侮辱性的称呼。为此，他央求花店老板将店里不新鲜的花统统给他。尔后，他又打电话到殡仪馆，解释说他们班需要花为即将离任的老师送行。对方颇受感动,同意把每次葬礼后省下的花束给他。

那远不是他们给我的唯一礼物。两年后,14名同学全都毕业了,其中还有6人获得了大学奖学金。

20年后,我在一所著名的大学任教,距我当年从教时那地方不太远。我获悉,马克跟他的大学情人喜结良缘,并成为一位成功的企业家。更凑巧的是,3年前,马克的儿子进了由我执教的优秀生英文班。

每当我回忆起那一天被学生顶撞,自己居然想放弃这一职业,去做"更有收益"的事情时,我就禁不住哑然失笑。

感恩提示

其实这个世界上并没有白痴,有的只是一些懒人,一些自信心不足的"低能儿"。

《你们都是最优秀的》讲的是一位新教师用自己曾经是"低能儿"的例子成功教导一批"低能儿"成才的故事。看到这个故事我不禁为马克他们遇到像珍妮丝这样的好老师感到庆幸——如果当初珍妮丝放弃了马克他们或者马克他们放弃了自己,那么后来(7)班又怎么会14名学生全部都毕业而且大部分从以前的"低能儿"成为社会的栋梁。说到底,马克他们并没有放弃,而且从此以后建立起相当好的自信心,他们不再认为自己是"低能儿",他们确信,只要肯努力,他们也能成为天才,至少不再是"低能儿"。

马克他们应该感谢珍妮丝老师,她不会像别人那样看低他们,放弃他们。她帮助他们建立起信心,走出"低能儿"的迷阵。她让孩子们明白:世上只有懒人,没有蠢人。

自信是人生重要的元素,它能令我们散发出光彩照人的魅力。老师常常赐予我们自信的力量,我们便靠着这种神奇的力量不断前行。 (梁玉雪)

> 我不禁回头深深望了她一眼,星子正从她的身后川流成为夜空,
> 最后她自己也成为一颗最亮的星星,在我记忆的银河中,我的老师。

在那颗星子下

◆舒 婷

母校的门口是一条笔直的柏油马路,两旁凤凰木夹荫。夏天,海风揿下许多花瓣,让人不忍一步步踩下。我的中学时代就是笼在这一片花雨红殷的梦中。

我哭过、恼过,在学校的合唱队领唱过,在恶作剧之后笑得喘不过气来……等我进入中年回想这种种时,却有一件小事,像一只小铃,轻轻然而分外清晰地在记忆中摇响。

初一那年,我们有那么多学科,仅把功课表上所有的课程加起来就够吓人的,有11门课,当然,包括体育和周会。那个崩开线的大书包,把我们勒得跟登山运动员那样善于负重。我私下又加了近十门课:看电影、读小说、钓鱼、上树……我自己也不知道,究竟是把读书当玩了,还是把玩当做读书了。

学校规定,除了周末晚上,学生们不许看电影,老师们要以身作则。所以我大摇大摆屡屡犯规,都没有被当场逮住。

英语学科考试前夕,是星期天晚上,我连同另外3个女同学去看当时极轰动的《五朵金花》。我们哂着冰棍儿东张西望,一望望见了我们的英语老师和她的男朋友。他们在找座位。我推测她看见了我们,因为她的脸那么红,红得那么好看,她身后的那位男老师长得(我毫无根据地认定他也教英语)比我们的班主任辜老师还神气。

电影还没散场,我身边的3个座位一个接一个空了。我的3个"同谋犯"或者由于考试的威胁，或者由于良心的谴责，把决心坚持到底的我撂在一片惴惴然的黑暗之中。

在出口处，我和林老师悄悄对望了一眼。我撮起嘴唇，学着吹一支电影里的小曲（其实我根本不会吹口哨，多少年苦练终是无用），在那一瞬间，我觉得她一定觉得歉疚。为了寻找一条理由，她挽起他的手，走入人流中。

第二天，我一觉醒来，天已大亮。老外婆舍不得开电灯，守着一盏捻小了灯芯的油灯打瞌睡，不忍叫醒我起来早读。我跌足大呼，只好一路长跑，幸好离上课时间还有 10 分钟。

翻开书，眼前像在最拥挤的中山路骑自行车，脑子立即作出判断，哪儿人多，哪儿有空当可以穿行，自然而然有了选择。我先复习状语、定语、谓语这些最枯燥的难点，然后是背单词。上课铃响了，b-e-a-u-t-i-f-u-l，beautiful，美丽的。"起立！""坐下。"赶快，再背一个。老师讲话都没听见，全班至少有一半人嘴里像我一样咕噜咕噜。

考卷发下来，我发疯似的赶着写，趁刚才从书上复印到脑子里的字母还新鲜，把它们像活泼的鸭群全撵到纸上去。这期间，林老师在我身旁走动的次数比往常多，停留的时间似乎格外长。以致我和她，说不准谁先抗不住，就那样背过气去。

成绩发下来，你猜多少分？113 分！真的，附加两题，每题 10 分，我全做出来了。虽然 beautiful 这个单词还是错了，被狠狠扣了 7 分，从此，我也把这个叛逃的单词狠狠揪住了。

那一天，别提我走路时膝盖抬得有多高。

慢！

过几天是考后评卷，我那林老师先把我一通夸，然后要我到黑板前示范，只答一题，我便像根木桩戳在讲台边不动了。她微笑着，惊讶地仿佛真不明白似的，在 50 双眼睛前面，把我刚刚得了全班第一名的考卷，重新逐条考过。你猜，重打的分数是多少？47 分。

课后，林老师来教室门口等我，递给我成绩单，英语一栏上，仍然是叫人不敢正视的"优"。

她先说："你的强记能力，连我也自叹不如。以前，我在这一方面也是很受我的老师称赞的。"沉默了一会儿，只听见一群相思鸟在教室外的老榕树上幸

灾乐祸。她又说:"要是你总是这么糟蹋它,有一天,它也会疲惫的。那时,你的脑子里还剩了些什么?"

还是那条林荫道,老师纤细的手沉甸甸地搁在我瘦小的肩上。她送我到公园那个拐弯处,我不禁回头深深望了她一眼,星子正从她的身后川流成为夜空,最后她自己也成为一颗最亮的星星,在我记忆的银河中,我的老师。

看似简单的动作,却包含着老师对学生的多少关心与期待!

一滴水能反映出太阳的光辉,一件小事能反映出老师的精神境界。文章正是通过记叙一位老师对学生的关爱这样的点滴小事,反映出老师的高尚情操。这件小事,似涓涓细流滋润了作者的心田,具有感人的力量。

为什么老师知道作者考后评卷成绩差的真正原因却没有责备她?因为她爱她的学生。为什么老师反而通过简短却有力的话语、轻微却"沉甸甸"的动作来鼓励作者,并表达自己的期望?因为她爱她的学生爱得深沉。

这些记忆里尘封的故事可能每个人都遇到过。它是那么平常,平常到不屑一提,但我们却常常感动于这些平凡之中。

割舍不下的师生情,永远驻在我们心中。

老师,挺直身,您是好大一棵树;弯下腰,您是好长一座桥。您的恩情与日月同辉,永远铭刻在莘莘学子的心田。我们也应像作者一样,永远铭记老师的恩情。即使时间流逝,那些生命中重要而美好的事情,依然像一只小铃铛,"轻轻然而分外清晰地在记忆中摇响"⋯⋯

(陈秋艳)

在这人生的长途中，无论是黄昏，还是深夜，只要我发现了远处的一豆灯光，就会猛地想起我的老师窗内的那盏灯，那熬了自己的生命，给人以光明和希望的，永不会在我心头熄灭的灯！

老师窗内的灯光

◆韩少华

　　我曾在深山间和陌巷里夜行。夜色中，有时候连星光也看不见。无论是山怀深处，还是小巷子的尽头，只要能瞥见一点儿灯光，哪怕它是昏黄的，微弱的，也都会立即给我以光明、温暖、振奋。

　　如果说，人生也如远行，那么，在我蒙昧和困惑的日子里，让我最难忘的就是我的一位师长的窗内的灯光。

　　记得那是抗战胜利，美国"救济物资"满天飞的时候。有人得了件美制花衬衫，就套在身上，招摇过市。这种物资也被弄到了我当时就读的北京市虎坊桥小学里。我曾在我的国语老师崔书府先生宿舍里，看见旧茶几底板上，放着一听加利佛尼亚产的牛奶粉。当时我望望形容消瘦的崔老师，不觉想到，他还真的需要一点儿滋补呢……

　　有一次，我写了一篇作文，里面抄袭了冰心先生《寄小读者》里的几个句子。作文本发下来，得了个漂亮的好成绩。我虽很得意，却又有点儿不安。偷眼看看那几处抄袭的地方，竟无一处不加了一串串长长的红圈！得意从我心里跑光了，剩下的只有不安。直到回家吃罢晚饭，我一直觉得坐卧难安。我穿过后园，从角门溜到街上，衣袋里依然揣着那有点儿像赃物的作文簿。一路小跑，来到校门前——一推，"咿呀"了一声，还好，门没有上闩。我侧身进了校门，悄悄踏过满院由古槐树冠上洒落的浓重的阴影，曲曲折折地来到了一座小小的院

落里。那就是住校老师们的宿舍了。

透过浓黑的树影，我看到了那样一点亮光——昏黄，微弱，从一扇小小的窗格内浸了出来，我知道，崔老师就在那窗内的一盏油灯前做着他的事情——当时，停电是常事，油灯自然不能少。我迎着那点灯光，半自疑又半自勉地，登上那门前的青石台阶，终于举手敲了敲那扇雨淋日晒以致裂了缝的房门。

笃、笃、笃……

"进来。"老师的声音低而弱。

等我立在老师那张旧三屉桌旁，又忙不迭深深鞠了一躬之后。我觉得出老师是在边打量我，边放下手里的笔，随之缓缓地问道："这么晚了，不在家里复习功课，跑到学校里做什么来了？"

我低着头，没敢吭声，只从衣袋里掏出那本作文簿，双手送到了老师的案头。

两束温和而又严肃的目光落到了我的脸上。我的头低得更深了，只好嗫嗫嚅嚅地说："这、这篇作文、里头有我抄袭人家的话，您还给画了红圈，我骗、骗……"

老师没等我说完，一笑，轻轻撑着木椅的扶手，慢慢起来，到靠后墙那架线装的和铅印的书丛中，随手一抽，取出一本封面微微泛黄的小书。等老师把书拿到灯下，我不禁侧目看了一眼——那竟是一本冰心的《寄小读者》！

还能说什么呢？老师都知道了，可为什么……

"怎么，你是不是想：抄名家的句子，是之谓'剽窃'，为什么还给打红圈？"

我仿佛觉出老师憔悴的面容上流露出几分微妙的笑意，心里略松快了些，只得点了点头。

老师真的轻轻笑出了声，好像并不急于了却那桩作文簿上的公案，却抽出一支"哈德门"牌香烟，默默点燃了，吸着。直到第一口淡淡的烟消融在淡淡的灯影里的时候，他才忽而意识到了什么，看看我，又看看他那铺垫单薄的独卧板铺，粲然一笑，教训里不无怜爱地说：

"总站着干什么，那边坐！"

我只得从命。两眼却不敢望到脚下那块方砖之外的地方去。

又一缕烟痕大约已在灯影里消散了，老师才用他那低而弱的语声说："我问你，你自幼开口学话是跟谁学的？"

"跟……跟我的奶妈妈。"我怯生生地答道。

"奶妈妈？哦，奶母也是母亲。"老师手中的香烟只举着，烟袅袅上升，"孩子从母亲那里学说话，能算剽窃吗？"

"可、可我这是写作文呀！"

"可你也是孩子呀！"老师望着我，缓缓归了座，见我已略抬起头，就眯细了一双含着倦意的眼睛，看看我，又看看案头那本作文簿，接着说："口头上学说话，要模仿；笔头上学作文，就不要模仿了吗？一边吃奶，一边学话，只要你日后不忘记母亲的恩情，也就算是好孩子了……"这时候，我不知从哪里来了一股子勇气，竟抬眼直望着自己的老师，更斗胆抢过话来，问道：

"那，那作文呢？"

"学童习文，得人一字之教，必当终身奉为'一字师'。你仿了谁的文章，自己心里老老实实地认人家做老师，不就很好了吗？模仿无罪。学生效仿老师，谈何'剽窃'！"

我的心，着着实实地定了下来，却又着着实实地激动起来。也许是一股孩子气的执拗吧，我竟反诘起自己的老师："那您也别给我打红圈呀！"

老师却默默微笑，掐灭手中的香烟，向椅背微靠了靠，眼光由严肃转为温和，只望着那本作文簿，缓声轻语着："从你这通篇文章看，你那几处抄引，也还上下可以贯串下来，不生硬，就足以见你并不是图省力硬抄的了。要知道，模仿既然无过错可言，那么聪明些的模仿，难道不该略加奖励么——我给你加的也只不过是单圈罢了……你看这里！"

老师说着，顺手翻开我的作文簿，指着结尾一段。那确实是我绞得脑筋生疼之后才落笔的，果然得到了老师给重重加上的双圈——当时，老师也有些激动了，苍白的脸颊，微漾起红晕，竟然轻声朗读起我那几行稚拙的文字来……读罢，老师微侧过脸来，嘴角含着一丝狡黠的笑意说：

"这几句么，我看，就是你从自己心里掏出来的了。这样的文章，哪怕它还稚气得很，也值得给它加上双圈！"

我双手接过作文簿，正要告辞，忽见一个人，不打招呼，推门而入。他好像是那位新调来的"训育员"：平时总是金丝眼镜，毛咔叽中山服，面色更是红润光鲜，现在，他披着件外衣，拖着双旧鞋，手里拿个搪瓷盖杯，对崔老师笑笑说："开水，你这里……"

"有。"崔老师起身，从茶几上拿起暖水瓶给他斟了大半杯，又指了指茶几

底板上的"加利佛尼亚"，笑眯眯地看了来人一眼，"这个，还要吗？"

"呃……那就麻烦你了。"

等老师把那位不速之客打发得含笑而去后，我望着老师憔悴的面容，禁不住脱口问道："您为什么不留着自己喝？您看您……"

老师默默地，没有就座。高高的身影映在身后那灰白的墙壁上，轮廓分明，凝然不动。只听他用低而弱的声音，缓缓地说道："还是母亲的奶最养人……"

我好像没有听懂，又好像不是完全不懂。仰望着灯影里的老师，仰望着他那苍白的脸色，憔悴的面容，又瞥了瞥那听被弃置在底板上的奶粉盒，我好像懂了许多，又好像还有许多、许多没有懂……

半年以后，我告别了母校，升入了当时的北平二中。当我拿着入中学第一本作文簿，匆匆跑回母校的时候，我心中是揣着几分沾沾自喜的得意劲儿的，因为，那簿子里画着许多单的乃至双的红圈。可我刚登上那小屋前的青石台阶的时候，门上一把微锈的铁锁，让我一下子愣在那小小的窗前。听一位住校老师说，崔老师因患肺结核，住进了医院。

临离去之前，我从残破的窗纸漏孔中向老师的小屋里望了望——迎着我的视线，昂然站在案头上，是那盏油灯：灯罩上蒙着灰尘，灯盏里的油，已几乎熬干了……

时间过去了近40年。在这人生的长途中，我确曾经历过荒山的凶险和陌巷的幽曲，而无论是黄昏，还是深夜，只要我发现了远处的一豆灯光，就会猛地想起我的老师窗内的那盏灯，那熬了自己的生命，也给人以启迪，给人以振奋，给人以光明和希望的，永不会在我心头熄灭的灯！

师者，所以传道、授业、解惑也。我们从蒙昧无知，到现在的肚里有几瓶墨水，老师的功劳是不可磨灭的。每个人的成长过程中都会有那么一两个良师，而文中的崔老师就是"我"的良师，他教"我"写作文，其实也是在教"我"做人的道理。

李商隐有一句诗说："蜡炬成灰泪始干。"崔老师朴素节俭，把全部的身心放在教育事业上，以自己的生命为代价，为学生点燃了一盏温暖而且充满希望的灯，直到被灯火熬干最后一滴油，也不肯熄灭，一直陪伴着他的学生在人生的道路上走下去。那如豆的灯光虽然小,却鼓励了学生,给学生以力量。每当"我"回想起在灯下批改作业的老师的身影,心里满满的都是感动。

　　崔老师窗内的那一盏灯,永远不会熄灭,而是一直摇曳在"我"的心里。无论在多么黑暗的深夜,多么令人绝望的跌倒和跋涉,多么漫长的时光,只要想起崔老师窗内的灯光,前行的路一片光明,"我"也会重获面对生活的勇气和信心。

(韩文亮)

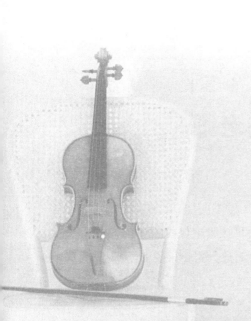

第二辑

我用感激为你们饯行

　　老师也许是我们生命中除亲人之外相处时间最长的人，可很多时候他们所留下的只是一束渴望的目光，一个鼓励的微笑，或者是课堂上一句亲切的话语，或者是台灯下批改作业的一个身影。这些都让我们更多地感受到了老师的平凡，而正是老师的这种平凡，造就了我们的未来。

我对着岁娃的坟轻轻喊了一声："老师！"他真的是我的好老师，一个能让我继续当好老师的老师。

我有一个初中学历的老师

◆童天红

那年，我下乡进山，不久便当了老师。山里孩子从来没有学可上，山外有学校，但要走 18 里路，翻几座山。我经常教山里孩子学一些常用字，村长受了感动，腾出自家的一孔破窑洞，开了几次大会动员大家让孩子上学，说让我这个知识青年给山里的孩子传授点知识。

第一个报名的是王岁娃，他哭求父母多次才成功。好多天，我就教这一个学生，他 11 岁，读一年级。后来陆陆续续有孩子报了名，岁娃当了班长。我考上大学回城时，岁娃带着一班学生送我，送了 18 里路，我劝了几次，孩子们集体跪了几次，岁娃的眼泪就像小河一样淌着。

我毕业后还是当老师。有一年，王岁娃来看我，给我送了一袋红薯，说他上高中了，是山里第一个上高中的孩子，我高兴得泪流满面。后来，听说他回山里继承了我的事业——教那些孩子文化知识。我多次想去看看他，但日子越来越忙碌，竟一次也没去成。

我越来越想念山里教书的那段日子，因为现在越来越觉得与学生及家长之间的关系复杂得难以应付，做一个好老师越来越难。前不久，一个富家少爷来看我，他是我教私立中学时班上的一个学生，因屡次调戏女生被我请求校方开除。他是开着小车来的，一身名牌，满脸得意，对我说我最喜欢的两个上了大学的学生现在在他手下打工，还拿出 1 万元钱给我。我一下子火了，把钱扔给他，怒吼着赶他出门，一直吼到他钻进车里逃走。

时隔数日,王岁娃来看我。

这是我几十年来最高兴的一件事,他穿着崭新的西装,显然已不是当初的那个穷娃了。他说他也办厂了,山里小学也有瓦房了,现在教学的是他的一个学生,叫王腊娥。他给了我600元钱,让我把破自行车换了。走时他特别交代说他生意忙,今后会让腊娥来看我,不让我去山里,因为太远。

我对四邻说这些时,隔壁的刘姐最好奇,一遍又一遍问我岁娃的详细情况。她提醒我应该去山里看看,看看岁娃现在到底怎么样。我有点纳闷了,问她到底是怎么回事。

最后,她流泪了,说岁娃上次来看我的前一天就来过了,我不在,她正在门口,岁娃问起我,她就把我这些年的情况告诉了岁娃,还特别说了那天那个浑蛋学生来刺激我的事。岁娃听罢哭了,哭着求她一件事,让她千万别对我说起他来过,什么也别说,他要第二天再来,他要让他的老师高兴一次!结果,第二天他就换了一身新装来了,而前一天他穿的还是有补丁的衣服,一副病态……

我听后,大吃一惊。

第二天,我就往山里奔。

7小时的长途汽车,然后步行15里路才有山里的人家。我从第一户人家就开始打听,乡亲们提起岁娃就流泪……我的心碎了。原来,岁娃考上高中那年父母病故,他成了孤儿。他回到山里,请求村长把停了几年的小学再办起来,他要学我当一个好老师。

学生是他挨家挨户去求来的,从一两个到几十个。他一直没工资,也坚决不吃大家的饭,教学之余他种地,还种了山药,因为山药能卖点钱补贴最贫困的学生。由于太穷,他一直没有结婚。就在前几年,他的学生王腊娥也成了孤女。

腊娥是他一手帮助扶持到中学的,辍学后求村长做媒,她要跟岁娃过一辈子。腊娥比岁娃小18岁,二人婚后就一起教学一起种地。去年,岁娃生病,直到吐血,腊娥强拉他进城检查,结果是得了肺癌,交不起医疗费又回来了。腊娥和乡亲们凑了几个月也没能凑够医疗费,岁娃就这样走了……

几个乡亲带我去见腊娥。她正在给学生上课,我让乡亲们都回家,我在门外听了一阵。她讲得真好,学生们也非常听话,一问百应,这情景在城里是绝难看到的。

下课了,腊娥出门看见我。她虽然没见过我,但马上就知道我是谁了,她声泪俱下地叫了一声"老师"就扑过来,笑着哭,哭着笑。她转身对学生们说:"这是你们老师的老师!"学生们围过来叫我:"老师爷爷……"

腊娥带我去看岁娃。

跪在岁娃的坟头,我悲痛地哭道:"你为什么骗我!你为什么要用一条命来让我高兴一次!我本来可以救你的啊……"

腊娥劝我说:"那也是岁娃走之前最高兴的一件事了,那病也是晚期了,他去看你本来就是想见你最后一面……"

我对着岁娃的坟轻轻喊了一声:"老师!"他真的是我的好老师,一个能让我继续当好老师的老师。

感恩提示

读完这个故事,我的眼睛湿润了。

这是一个令人心酸的故事,让我想到电影《一个都不能少》。它们反映的都是中国贫困农村的教育问题,展现了中国农村少年在失学与工作之间的浮沉。电影的结局是光明的,主人公魏敏芝在电视台台长的帮助下,不但找回了自己的学生,而且得到了很多好心人的捐助;而本文的结尾却是灰色的,同魏敏芝一样善良、质朴的王岁娃,最终因无钱治病,而过早地离开了人世。然而,他生前所做的一切:对求学的强烈渴望,对乡村教育事业的执著坚守,对老师的深情感恩,无不让我们为之心酸和感动!

张艺谋曾说:"《一个都不能少》是一部从内容到形式都很平实、传统、司空见惯甚至非常老套的电影,这恰巧是我们的一个目的:在司空见惯中拍出一份真切和力量来。"毫无疑问,本文在内容和风格上与《一个都不能少》具有异曲同工之妙,故事中所传达出的那份"真切和力量",同样让读者为之怦然心动。

(田　野)

第二辑　我用感激为你们饯行

这次考试纯属失误，我相信经过下一学期的重新调整和逐步适应，他必将成为您们最自豪的孩子！

老师的脊背

◆孙群飞

那年，我从一个偏僻贫瘠的小地方来到相对繁华的镇里念书，住的是寄宿制中学，一周只能回家一趟，但我喜欢这种崭新而自由的生活。

镇里的一些"新事物"对我来说，是一种无法抵挡的诱惑。

譬如电影，看到来自背后的一束强光，碰撞在洁白如雪的幕布上，就汹涌出了千军万马、滔滔江水，这简直是世界上最伟大最有力的神秘魔法。放映机在"咝咝"转动，烟尘在光束里不停滚动，我嗅到了金属热而微腥的气息……我完全陶醉，莫名地兴奋，早已经被银幕上的主人公夺去了灵魂。

为了能够到镇电影院过把瘾，我开始学会了撒谎借钱、逃学旷课、抄袭作业，也许没有人知道我的内心已经悄悄发生了变化，依然把我当做一个敦厚听话的好孩子，尤其是老师和父母都对我继续寄予殷切的期望，因为我是以全镇第7名的成绩考入这所寄宿中学的，我似乎没有理由变成一个成绩平平的坏孩子。

但我已经着了电影的魔，再加上偏执冲动的性格，注定我要干出更加疯狂的举动来。

后来有一段时间，学校附近的一个村庄里出了一个贵人，据说在省城做了大老板，他交给家人一笔费用，让他们在老家连放半月电影。这个喜讯被许多同学知晓了，但他们不敢逃学去看，因为期末考试快要到了。而我想了一个计策，让几个铁哥们儿轮流到校外偷看一段时间，就像传接力棒那样，回来后再把电影的内容串联起来,互相讲给大伙听,这样既不过分耽搁复习,又不中断了解电影内容。但到最后没有人敢再拿考试成绩来打赌,只剩下我这个走火入魔的电影狂。

我决定孤注一掷。

夜幕降临,班主任来教室巡视一番之后,我就开始蠢蠢欲动。我连抄带问,三下五去二,做好了作业,然后趁大家不注意悄悄溜出教室,蹑手蹑脚走了一段猫步,来到了学校北院墙一个较隐蔽的缺口处,但依然有一个半成人那么高,需要借助别的东西才能够翻越而过。天无绝人之路。我终于在墙角寻找到了一把被人丢弃的旧椅子,将它倚着墙壁放到缺口下,用手试了试,足够牢固稳定,完全可以支撑我的体重,帮助我成功翻过院墙跳到外边松软的田地里。

当我看完电影走近学校北院墙时,校园里早已经一片沉寂,老师、同学们肯定都酣然入梦了。我便又找了一些东西垒到院墙外边,小心翼翼地翻过去,神不知鬼不觉潜入寝室倒头便睡,在睡梦中我都在开心地回味电影的精彩情节。

一天,两天,三天……如法炮制,安然无恙。

大概又过了一星期。我的同桌警告我说,班主任加大了督查的力度,铁哥们为我打的圆场已经收效甚微了,据说班主任已经猜疑到了我的非常之举。我说,再坚持几天吧,最精彩的电影将在这几天一一亮相,紧张刺激的日子很快就要结束了。

这一天,我再一次翻过院墙去看电影。归来时,夜色深沉,两三颗疏星在天边慵懒地眨巴着眼睛。我踩着墙外的石块砖头,一耸身就爬到了墙头上,然后翻转过来,扭动着身子,慢慢地探身下去,脚尖像往常那样接触到了椅子把儿,再小心地放实脚板,最后像猫一样娴熟地跳到了地上。准备去拿过椅子,将它放到一个不引人怀疑的位置,我却突然吓了一跳,这椅子竟然像人一样长高了,摸过去又软又虚。我定睛一看,这哪里是那张旧椅子,而是我们的班主任!原来我是踩着他的脊背下来的!我的心缩成了一团,紧张地低着头一言不发,又惊又怕,脸在刹那间烫得难受,手心里却冒出了冷汗。而令人诧异的是,他没有批评我,意料中的一顿臭骂并没有发生,他吓人的巴掌更没有抽向最叫他失望的学生,而只是轻声叮嘱道:"快去寝室睡觉吧,明天我们就要考前训练了。"我迷迷瞪瞪地"嗯"了一声,慌不择路地逃回了寝室。

虽然躺在床上倍感困倦,但我还是睡不着。我一直在思考:我为什么偏偏踩到了班主任的脊背上？他为什么不揍我？他是不是明天就要告诉学校领导，通知家长来把他们不争气的儿子领回家？在惶恐不安中，我还是睡着了。

然而第二天什么也没有发生，我照常参加了考前的一次大"练兵"。可以料想到我考出的成绩多么糟糕，多么臭，多么让人后悔！

班主任把我叫到了那把旧椅子的跟前，让我在白天的光线下好好看看它真正的样子。虽然我曾经多次受到过它的支撑，当再次见到它时还是有些后怕。它早已超过了"服役期"，极其残破肮脏，还断了一条腿，所幸那一边正好靠着墙壁，并没有提前把我重重地摔到地上。班主任走到椅子前面，抬起脚轻轻地踢了一下，它就"哗啦"一声散成了扶不起的一堆朽木头。而在椅子的旁边是又臭又深的粪池，如果我不小心摔下来，后果肯定不堪设想。

原来是细心的老师在那天夜里发现了潜伏的危险，在我返校时弯下腰来，做了学生一把安全的"椅子"，帮助我回到自己应该回到的地方。在他的宽容和关爱面前，我怎能够不低头认错，重新学好？我的心头一热，眼眶也红了，深深地向老师鞠了一躬，真诚地说了一声"对不起"（其实我更想说的是"谢谢"）。

期末考试成绩揭晓后，我拿着无颜见父母的成绩单，再一次茫然失措。我突然看到了班主任的学期评语："您们的孩子聪明而勇敢，具备许多方面的潜质，团结同学，尊敬师长，有才华必展露，有错误也必纠正，是个可造之材。这次考试纯属失误，我相信经过下一学期的重新调整和逐步适应，他必将成为最让您们骄傲的孩子！"看到这里，老师弯腰做椅子状的情形再一次浮现在眼前，我的眼泪不由得夺眶而出。

下学期，我的成绩果然迎头赶上，还被评为全镇"十佳少年"，彻底告别了过去靠一把危险的椅子，疯狂逃学和镇定说谎的"蝙蝠"生活。在我遭遇危险和犯错误的时候，能够有一个人愿意弯下腰来，像椅子一样扶持、支撑我，我应该深切感知到成长的幸福和责任，只有把自己成长为栋梁之才，方才能够对得起别人一次情深似海、恩重如山的弯腰。

懵懵懂懂的青春，混沌任性的少年，谁不曾有过荒唐、顽劣的举动？

就像故事中的"我"，为了偷看电影，在每天傍晚悄悄地翻过院墙，逃到校外,再在夜色深沉之际归来,借由一把破椅子回到校园内。而当细心的班主任老师发现潜伏的危险后,竟然弯下腰来,做了学生的一把安全的"椅子","帮助我回到自己应该回到的地方"。

老师的宽容和关爱,让"我"意识到了错误,并决心改正。即便当"我"期末考试成绩不理想时,老师也依然没有责备,而是用温暖的话语进行鼓励,再一次充当了一把支撑"我"脱离困境的"椅子"!

故事中的老师让我们感动。面对迷失的学生,他并没有采用急风暴雨似的批评和鞭挞,而是用宽容、爱和鼓励引导学生返回正确的轨道。毋庸置疑,这种春风化雨、润物无声般的教育更加高明,也更见成效。   (田　野)

看着孩子们一双双清澈无瑕的眼睛,我的眼睛不禁湿润了,多么可爱的孩子啊! 我一度以为他们太小、调皮、不懂事,其实,是我不懂得他们啊!

爱是一件温暖的衣裳

◆田　野

这天中午,我吃完饭早早地回到了班级。

教室里空荡荡的,孩子们还没有回来。或许是我已经习惯了他们的喧闹吧,此刻,一个人置身于教室中,竟觉得有些冷清。说实在话,刚参加工作,学校就让我担任一年级的班主任,面对这群不懂事的小家伙,我还真有些头疼。如何教育和管理孩子,时常令我感到无从下手,有时甚至产生出厌倦的情绪。

我坐在讲台前,翻看着孩子们的作业本,渐渐地感到困意袭来,于是,我趴在讲桌上睡着了。

不知过了多长时间,我忽然被一阵细小的声音弄醒。只听一个孩子压着嗓子说:"把我的衣服再给老师披上,你的衣服小!"另一个孩子马上说:"用我的,我这件暖和!"又有一个孩子轻声说:"嘘,你们都小声点儿,别把老师吵醒了!"

哦,原来是我的孩子们回来了,他们准是见我伏在讲桌上睡着了,怕我着凉,便争先恐后地脱自己的衣服给我披上……

蓦地,我的心一颤,仿佛有一股暖流从心底淌过。我突然想起平时,每当看到哪个孩子穿得单薄,我都会毫不犹豫地脱下自己的衣服给他们披上。孩子们一定是看在眼里,记在了心里,所以,今天他们才以同样的方式回报了我!

我忍不住微笑着抬起头,看见自己的身上竟披上了十来件漂亮的小衣服!十几个孩子紧紧围在我的身边,有的手里还举着刚脱下来的衣服,没来得及把它们披在我的身上。

看着孩子们一双双清澈无瑕的眼睛,我的眼睛不禁湿润了,多么可爱的孩子啊!我一度以为他们太小、调皮、不懂事,其实,是我不懂得他们啊!

孩子是最善于模仿的,孩子也是最懂得回报的。当你以一颗真爱之心去关心他们,照顾他们时,他们便会在你不经意之际,给你一个令人惊喜的回赠。而对于一名教师,还有什么能比这份回赠更为宝贵呢?

爱是一件温暖的衣裳。

感恩提示

《爱是一件温暖的衣裳》这个故事中的"我",是一位刚参加工作不久的老师,虽然他还不懂得如何教育和管理孩子,甚至有时还有厌倦的情绪,但可以肯定的是,他是一位认真负责、富有爱心的老师。

你看,他吃过午饭就早早地回到班级批改孩子们的作业,平时,每当看到哪个孩子穿得单薄,他都会毫不犹豫地脱下自己的衣服给他们披上。而他的这些小小的善良的举动,很快就得到了孩子们的回报——当他无意中趴在讲桌上睡着时,孩子们竟然都争先恐后地脱下自己的衣服给他披上!

故事中的"我"被孩子们的举动感动得眼睛湿润,我们也不禁对这份"令人惊喜的回赠"感到温暖和宝贵。应该说,为人师者,在为学生们付出真爱之时,是不会想到要收取回报的。然而,学子的哪怕一丁点的感恩,也足以让老师感到欣慰和满足！

是的，施爱和感恩，本来就是紧密相连的，它们共同联结成一个温暖而美丽的世界。

（王大伟）

学会感激，会使你的情感更加高贵和纯洁——把这算作我对你们最后的叮嘱吧！

我用感激为你们饯行

◆李锡琴

距离告别的日子，与高考倒计时牌上的数字一起日日递减，为此，我的心像入秋的叶子，渐渐生出失落的感觉。

看着你们如牛犊般一日日高大健壮起来，看着你们如芙蓉般一天天娇美红艳起来，又看着你们为追逐天际的云彩振翅欲飞，我在偷偷预备着给你们送别的同时，也在暗暗为你们祈祷祝福！

我用什么来为你们饯行呢？唯有感激——

你们是我的第六届弟子。你们离校的日子，便是我教师生涯中的第六轮秋季。我确实如农夫一样曾为你们荷锄、把犁、除草、施肥，也曾为你们遮风避雨、删斜扶直，可最终让我感受到耕作的充实、收获的喜悦的却是你们，为此，我怎能没有感激？

在三年中的一千多页日历上，记载下了关于你们成长的一个个故事。校园的大道小径，曾留下你们多少前行的脚印，有长有短，有深有浅，也有悲有怒，有喜有欢，但无论如何，它都是人生中最青春最亮丽最值得珍藏的一段。有人说，教师是不老的职业。是的，我的一生日日有青春与朝气做伴，因此，我常常忘记自己的年龄，常常在梦里享受着花开的绚烂。为此，我怎能没有感激？

你们向我推心置腹地诉说心里话,让我享受着被人信任的幸福;你们在课堂上为我鼓掌,让我体验着被人赞赏的喜悦;你们对我的授课报以颔首,我便倍增了从教的自信;你们若因疑惑而眉头颦蹙,我便知道该对自己的施教言行加以反思……是呀,我们虽为师生,可共同拥有教育这块沃土,在这里共同沐浴雨露阳光,也共同抵御风霜雨雪。在观赏你们逐日枝繁叶茂成长起来的同时,我自己也在悄悄拔节。有你们相伴着我的成长,我怎能没有感激?

我要感激,曾遭遇过我所制造的暴风骤雨而始终不曾表露出抗议的同学,在你们身上,我欣赏着比天空更开阔的胸襟,领略着宽容的心灵绽放出的美丽;我还要感激,在应试教育这块地里因水土不服而难以茁壮成长的同学,你们顺父母之心和老师之命不得不端坐在课堂上,三年如一日按时写那些与大脑兴奋点格格不入的作业,在你们身上,我读出了坚韧与耐性的含义;我还要感激,曾用各种方式质疑过我的教育与教学的同学,无论你们的质疑有理无理,我都从中看到了个性思维在熠熠闪光,看到了独立人格在健康成长,看到了园圃里倔犟地生长着不愿与百花争斗的奇葩;我也要感激,因喜欢语文而喜欢我的所有同学,是你们让我的教学不只是一种工作一种责任,而且是一种体验一种享受。

对你们的感激,无论我说不说出来,从我们结下师生缘那刻起,就已注定了。今天,在与你们临别的时刻,我想感激的太多太多,因为每位同学都给了我必须对其报以感激的理由。请带上我的感激上路吧,带上我的感激走向高考,走进大学,走向人生的每一段历程!同时,希望你们在人生的历程中永远心存感激,感激所有与你的生活与成长有关的人,即使是你的对手,因为他们会使你学到更多竞争与生存的本领。学会感激,会使你的情感更加高贵和纯洁——把这算作我对你们最后的叮嘱吧!

感恩提示

这是一篇老师剖析内心的美文,行云流水般的记叙里,是师生相伴走过的每一个日子的温馨回忆,是成长的每一个脚印,是生活的每一次体验,是人生的每一个享受。

年年岁岁花相似,岁岁年年人不同。老师就像一个陀螺一样一直旋转在讲合上，送走一批学生，又迎来新的一批学生。老师教给学生稳重，学生又把青春气息感染给老师；老师传授知识，又从学生身上学到不少的东西；老师付出努力，又从学生的笑脸上看到收获的喜悦……师生就在朝夕相处中，共同成长，共同见证了那一段难忘的岁月。老师的心就如慈母的心一样，即使要用青丝换来孩子的成长，也是甘之如饴。在即将分离之际，所有的操劳和辛苦都已消失，流淌在老师心里的，是浓浓的不舍和感激。

一直以为，我们毕业走了，老师就松了一口气，因为教书毕竟是一个苦差，付出甚多，而得到的就只有那么微薄的一份工资，却从来没有想过，老师也会从我们身上学到东西，对我们充满感激。且在临别之前，也让我们倒一杯感激的酒饯行，感谢老师一直地付出吧！

(韩文亮)

这泪水比天上最闪耀的星辰还要明亮，比最华丽的钻石还要璀璨，是世间最珍贵的液体。

老师的眼泪

◆丽　丽

上高中的时候，我们班只是个普通班，比起学校里抽出的尖子生组成的六个实验班来说，考上大学的机会不多。因此，除几个学习好的同学很努力外，我们大多数人都只是等着毕业混个文凭，然后找个工作。

班上的班主任兼英语老师是个刚从师范学院毕业的大学生，他非常敬业，每日催着我们学习学习再学习，作业作业再作业。但是说归说，由于许多人抱着破罐子破摔的想法，我们的成绩始终上不去，在全校各科考试中屡屡倒数。

直到高二的一次英语联考，张榜公布的我们班的成绩破天荒地超过几个实验班的学生，这使我们接连兴奋了好几天。

发卷的时候到了,老师平静地把卷子发给我们。我们欣喜地看着自己几乎从没考过的高分,老师说:"请同学们自己计算一下分数。"数着数着,我的得分竟比实际分数高出20分,同学们也纷纷喊了起来:"老师怎么给我们多算了20分?"课堂上乱了起来。

老师把手摆了一下,班上静了下来。他沉重地说:"是的,我给每位同学都多加了20分,这是我为自己的脸面也是为你们的脸面多加的20分。老师拼命地教你们,就是希望你们为老师争口气,让老师不要在别的老师面前始终低着头,也希望你们不要在别的班的同学面前总是低着头。"

老师接着说:"我来自山村,我的父母都去世得早,上中学时我曾连红薯土豆都吃不起。大学放暑假,我每天到建筑工地拉砖,曾因饥饿而晕倒,但我就是凭着一股要强的劲上完师院,生活教会我在任何时候都不能服输。而你们只不过分在普通班就丧失了信心,我很替你们难过。"

这时候教室里安静极了,我和我的同学们都低下了头。老师继续说:"我希望我的学生们也做要强的人,任何时候都不服输,现在还只是高二,离高考还有一年多的时间,努力还来得及,愿你们不靠老师弄虚作假而自己挣回足够的分数,让老师能把头抬起来,继续要强下去。同学们,拜托了!"说完,老师低下头,竟给我们深深地鞠了一躬。当他抬起头的时候,我们看到他的眼里充满了泪水。

"老师!"班里的女生们都哭了起来,男生们的眼里也含满了泪水。

那一节课,我们什么也没有学,但一年后的高考,我们以普通班的身份夺得了全校高考第一名。据校长讲,这在学校历史上是从未有过的。

因为我们每一个学生都记住了老师的眼泪。

那个在你笑的时候一起笑的,是朋友;那个在你哭的时候陪伴在身边的,是亲人;而那个为你哭的人,就是世间最爱你的人。

班主任是一个非常要强的人,自己在最艰苦的条件下,靠着过人的努力坚持读完大学,并且走上讲台,开始了教书育人的生涯。可是他的学生抱着破罐子破摔的想法,从来没有好好学习过。这位一心想让学生成功的老师用试卷上多加的 20 分和自己的人生经历，教育学生不能看轻自己，也做一个要强的人。老师在学生身上寄托了多少厚望啊，说到动情之处，流下了晶莹的泪水。这泪水比天上最闪耀的星辰还要明亮，比最华丽的钻石还要璀璨，是世间最珍贵的液体，融化了学生心里的冰雪，驱赶走他们的麻木和消极，并且浇灌出一个奇迹，开创出一个前所未有的历史。因为每一个学生都记住了，老师是为他们而流泪，在他们自己都放弃了自己的时候，只有老师，仍然相信他们能够成功。

（韩文亮）

人生在世，有人想着，有人念着，这不正是芸芸众生追求的一种幸福吗？

有人想着是一种幸福

◆王自立

这是一件让我感动而又不解的事情，二十多年前的学生居然邀请我参加他们的同学聚会。他们中的很多人我已经淡忘，记不清名字了。我只知道他们当年所在的班是一个"普通班"，也就是说这是一块"望天收"的田，不指望有什么"好收成"。学校只要求这样的班级能够平平安安毕业，若是有几个学生能考上重点高中，就算是"巨大"的成功了。

电话那端传来热情、真诚的声音："老师，你已经退休了，我们以后每年一次聚会都要请你来，让你少一分寂寞。你以后有什么事尽管叫我们这些学生来帮你。"

我终于见到了这些当年的学生，他们都已经人到中年，有的升迁了，有的发达了，也有的下岗了，甚至有的境遇不佳，过得够艰难。想不到人生百态在一个班级里就可见一斑。

我终于从同学们你一言我一语的议论中，明白了他们邀请我参加聚会的缘由。

"老师，你教我们这个班，没有嫌弃我们，你常说普通里面有重点，重点里面有普通。普通的人生靠的是自己走出不普通的足迹。后来我考到了重点高中，你还特意到书店买了一本《马克思传》送给我。我今生今世也会保存好老师的礼物。"

"老师，你还常说读书本是件快乐的事，如果读书不快乐，还有什么快乐人生呢？你从不拖堂，也不肯加班加点。你说本来应该讲四道题特意留下两道题去补课，这样的教师德行不好！"

"老师，你有一次大病初愈，走上讲台，同学们看到你脸色不好、两腿发颤，一致要求你坐下来讲课，你坚决不肯，还硬是大声对我们说，老师在学生面前永远是站立者！"

"老师，你从不张扬，从不作秀。有一次，学校要你上一堂公开课，校长要你在班上先'排练'几次，你说什么也不答应。你对校长说，上课不是演戏，教和学求的是一个真实。"

"老师，我们好像记得你连一次先进都没有评上过，但你却是我们心目中的先进教师。你曾经对我们说过，夜空中有无数星星，用伟人、名人命名的星星少之又少，绝大多数是无名星，而正是这些无名星闪闪烁烁汇成了浩瀚的星河。"

我被学生们的话语深深感动。真的，我已经记不全说过的那些话，做过的那些事，但是，我记得从第一次走上讲台那一刻起就立誓，要坚守一个教师的操守，要对得起教师的良心。

我没有资格发一通"功成身退"后的感慨，倒是在人生暮秋时节越发品味到了教师生涯的甘甜。我从充满欢声笑语的聚会归来，家里依然是那么寂静。我的心并不孤独。人生在世，有人想着，有人念着，这不正是芸芸众生追求的一种幸福吗？

晋时的葛洪在《勤求》中写道："明师之恩，诚为过于天地，重于父母多矣。"文中的"我"在学生心中就是一位明师，教给了他们很多的道理，也给了他们长

久的感动和比天地父母还要多的恩情,让他们感激"我",一直想念着"我"的好。

老师是一个终生勤勉的职业,春去秋来,也不知道迎来多少种子,送走多少栋梁,有些事,有些说过的话,有些人的音容笑貌,转身就忘了,只在心底留下一个淡淡的痕迹,但是那些受过他恩惠的人却铭记终生,不能忘怀。学生的感恩,这恐怕也是支撑着老师一直在平凡的岗位上努力做下去的力量吧。

老师就是学生人生航船的舵手,为我们奋力划桨,去摘取蓬莱仙岛上青青的橄榄。即使我们回报他的,是青涩尚未成熟的果实,也能让他感受到最甜蜜的欣慰。

在时光的交替中,也许老师有过后悔、无奈和放弃的念头,然而只要想起学生那张天真纯洁的笑脸,那双充满感激和崇拜的眼睛,想起毕业后的学生仍然在想念自己,就立刻得到了安慰,得到了为人父母般的骄傲和幸福。

(韩文亮)

为了一个孤儿,我不惜舍弃心中渴盼已久的那束玫瑰,结果却得到了世界上最美的玫瑰。

不是为了一束玫瑰

◆佚 名

我从师范学校毕业后在一所小学任教,和男朋友同在一个城市。天蓝蓝,水清清,在尘世的繁荣与喧嚣之中,我像一只快乐的小鸟。

我教语文,当班主任,管着一群调皮的二年级小学生。课间休息的时候,他们如同一群散了窝的马蜂,奔来蹿去,闹成一锅粥。我也夹在他们中间,像一个快乐的大孩子。一天,我和一群女生跳皮筋,突然发现一个黑黑瘦瘦、长着一双

黑葡萄样大眼睛的小姑娘,总是远远地站在一角,样子怯怯的,很落寞。一个女生告诉我,她是刚从外地转学来的,叫毛小丫。

星期三上午,上完前两节课,做完课间操之后,同学们欢叫着散开了,只有毛小丫仍然孤零零地站在板报栏的下边,一声不吭。我走过去,蹲下来,抚着她的头发,轻声问:"毛小丫,你为什么不和大家一块玩呢?"她说了一句什么,我没听清。"别怕,有什么事尽管给老师说。""她们不喜欢我,说我坏话。""你怎么知道的?""他们凑在一起说话,不时地看着我。""那你听见他们说什么了吗?""我想她们在说我。""那你怎么知道别人说你坏话?""我想一定是。"我哑然失笑:"那我明天问问她们,有没有说你坏话。"

小丫看着我,突然哭了起来。我不知道她怎么了,我有点儿紧张,这孩子一定有什么伤心事。我拉住她冰凉的小手说:"小丫,心里有什么事说给老师听,老师一定会帮你的。"小丫哽咽着说:"我,我是孤儿。"我很吃惊。当班主任一个多月了,竟然一点儿也不知道她是孤儿,我感到了一丝失职的内疚。

小丫的父亲去世了,母亲不喜欢她,带着妹妹改嫁了,小丫跟着奶奶一起生活,她觉得被母亲抛弃了。这是一个可怜的、心灵受到伤害的孩子。再次见到男朋友,他约我去看一场电影,银幕上一个小男孩在逗着一条狗玩。可我总是心不在焉,我在想小丫。他侧过头不高兴地问:"怎么了你?""我在想小丫。""小丫是谁?""一个学生。"男朋友轻轻握住我的手说:"咱们走吧!"走出影院,坐在街心公园的长椅上,男朋友问:"小丫是不是很调皮,惹你生气了?"我望着天边闪烁不定的星星,说:"她很乖,但她很可怜。"于是,我把小丫的事情详细地讲给他听。男朋友安慰我说:"会好的,会有办法解决的。"从此以后,在学校,我尽可能带着小丫和别的小姑娘一起玩;放学了,我陪着小丫写作业,给她梳头发,扎漂亮的蝴蝶结,和她一起跳舞、唱歌……慢慢地,她脸上有了笑容,眼睛里有了孩子的快乐。看到小丫快乐了,我也很快乐。一次,男朋友对我说:"你都快成一个妈妈了。"进入冬天以后,小丫经常迟到,因为她奶奶病得很厉害。我对小丫说:"没事的,老师不会让你的功课落下的,也一定抽空去看看你奶奶。"

这是冬天里一个没有多少寒意的傍晚,晚霞辉映着美丽的校园。放学了,校园里逐渐安静下来。男朋友说他5点半来接我,我在办公室批改作业,等他。听见一阵熟悉的摩托车声,我看看表,他很准时。我走出校门,突然一眼看见了毛小丫。她气喘吁吁、失魂落魄地跑过来。"老师,老师,我奶奶不行了……我知道,你在学校等叔叔……"我一惊,脚绊了一下。我对男朋友说:"我要去小丫家。"拉起小丫的手,拐进了一条小巷。

小丫的奶奶已在弥留之际。她艰难地睁开眼睛,两滴浑浊的泪流了下来,我把耳朵凑到她嘴边,听见老人说:"老师……我知道你对……这丫头好……我……去了,我只求你,能经常……看看她……她没有亲人……"小丫成了一个真正的孤儿。她经不起这么严酷的打击,她眼睛里曾经回归的快乐又消失了。一夜之间,她又成了一个小可怜。

这天晚上,我没有去见男朋友,我给他写了一封信。我把我久存于心的关于小丫的想法通过文字告诉了他:我要领养这个孩子。我在信里说,如果他提出分手,我不会怪他。

两天后,他约我在老地方见。冬天满地的落叶在晚风里飘荡,这条我走过无数次的街道突然纷乱而萧瑟,就像我的心情。我曾经对男友说过,希望他在正式求婚的时候,能通过鲜花快递网站送我一束玫瑰花——此刻,我多想看到玫瑰花啊!我走着,感到街道很漫长,似乎永远走不到我们见面的地方。"赵老师!"我忽然听见一个极其熟悉的声音,是小丫,我的小丫。我扑向她,问她:"小丫你怎么在这儿?"小丫手一指说:"叔叔带我来的。"我看见了他。他站在不远处,一捧火红的玫瑰在他胸前,灿烂得如同温暖的天的脸。

感恩提示

老师的情怀总是如诗如画,为人们带来最甜美的吟唱,为世间带来最美好的风景。

文章中的老师面对她的孤儿学生,心里有一根弦被深深地触动了。可怜而胆怯如疾风中一根小草的毛小丫唤醒了她与生俱来的母性,让她只想把这位学生好好地捧在手心怜惜,好好地呵护她成长。她用她慈母般的爱心,填补了毛小丫心中失去母亲的失落和孤独,让孩子像同龄人一样快乐。毛小丫奶奶的临终所托更是让这位普通女老师不能控制自己,决心哪怕舍弃爱情也要守护这株幼苗。而老天总是舍不得伤害真心的付出,老师为自己学生的付出,让她同时得到了爱情和学生献上的玫瑰。这位虽然平凡但却有着伟大情操的女老师,有着世间最善良的一颗心,用自己的执著和爱,谱写了一首催人泪下的歌。

她以自己的爱感化了两颗心，为故事写下了一个美好的结局，也让我们看到了，在冷漠的时代，依然有着拥有美丽心灵的人，在人间传播真善美，传播爱。

（韩文亮）

临别时，她送了我一副眼镜，眼镜盒的字条上写着："用心奏响爱的乐章！老师，谢谢您！"

用心奏响爱的乐章

◆李 雪

　　第一次看见她的时候，她只有 6 岁。瘦弱的肩膀有些瑟瑟发抖，两条梳理得很整齐的辫子垂在耳边。她长得很秀气，我猜她的眼睛一定很漂亮，可她却一直不敢抬头。她妈妈让她向我问好的时候，她不知道是害怕还是害羞，只往妈妈身后躲。她妈妈悄悄地对我说："老师，这孩子你得多费点儿心，都换了好几个老师了，她就是不合作，有点儿内向……要让孩子感受到你的爱。"好像是怕孩子听见，她没有往下说。我忙笑着说："没关系。"教钢琴好几年了，遇到过各种各样的学生，我希望在我的培养下，孩子不但能提高琴技，还能在性格方面得到磨炼。

　　"听你妈妈说，你非常喜欢钢琴，而且会弹很多好听的歌曲，是这样吗？"我问。

　　她没有看我，只是用询问的目光看了看她的妈妈。她妈妈忙点头说："宝贝，把你弹得最好的那首《小星星》给老师弹一遍好吗？"

　　她犹豫了一下，把手放到了钢琴上，又快速地收了回去，我想，也许她需要鼓励。

　　"试试看，没关系的，像你这样没有老师教就会弹琴的小朋友可不多啊。你真棒！老师学会的第一首曲子就是《小星星》，你想不想听听老师是怎么弹的？"

她仍然没有看我，只是默默地点点头，于是我便把只有6个乐句的《小星星》分别以活泼、忧伤、辉煌几种风格演奏了一遍。

"你看，一首这么短的歌，可以弹成这么多种感觉的音乐，你想学吗？"我没等她回答就把她的手放到了琴键上，"我来给你弹左手的伴奏，你只按照自己的感觉用右手弹就可以了。"

她这次勇敢地弹了，虽然因为紧张有个别错的地方，但是可以看出她的乐感很好，如果好好培养，会很有前途。她显得很高兴，说："老师，我还想再弹一遍。"我欣然同意。

就这样，我们重复了几遍之后，她忽然抬头看着我说："老师，我的眼睛不好，即使距离很近我看东西也很困难，我的谱子都是妈妈用大音符重新抄下来的。你说我能学好吗？"这时我才发现，这孩子的眼睛竟有一只是斜的！我的心剧烈地一震，眼睛对于一个学音乐的人是多么重要啊！条件这么好可是却有这样不幸的事发生在她的身上，真让人心痛。但表面上我仍然保持着温和的微笑，我想我应该鼓励她不要放弃。

"是吗？可是你的眼睛看起来很漂亮，老师根本就没感觉出来啊！没关系，老师的眼睛也不太好，可是你看老师不戴眼镜不是照样弹得很好听吗？学习弹钢琴最重要的不是眼睛，而是心。你要用你的心去感觉音乐、体会音乐，才能有所成就。贝多芬在创作《命运》交响曲的时候，他的听觉已经丧失了，他就是用心去完成他的伟大作品的。你的条件不错，虽然眼睛在识谱的时候会有些困难，但有很多爱你的人在帮助你，你要做的就是刻苦练习，明白吗？"

她笑了，很灿烂地笑了，然后对我说："老师，我们今天要学什么呢？我已经准备好了！"

这个孩子现在24岁了，在一所音乐学院留校做了钢琴老师，去年她来看我时已经把眼睛治好了。临别时，她送了我一副眼镜，眼镜盒的字条上写着："用心奏响爱的乐章！老师，谢谢您！"

我笑了，可是却笑湿了眼……

  感恩提示

钢琴老师是一个内心细腻的人,很注重学生的心灵感受。老师耐心地鼓励这个自卑怯弱的小女孩,发现她眼睛不好的时候没有流露任何嫌弃的表情,而是善意地说了一个谎言,赞美她的眼睛,这让小女孩我回了自信的笑容,长大后还做了一名钢琴老师,也把眼睛治好了。但女孩对老师付出的爱的感激,即使时间流逝,依然铭记在心。

老师和小女孩用爱共同弹奏了一曲爱的赞歌,这样的温馨让我感动。记忆中的老师,总是不会轻易地对学生说"不",而是在我们低下头的时候用心地鼓励我们昂首挺胸,在我们面对难题的时候循循善诱,在我们难过的时候给我们安慰,在我们自卑的时候给我们信心,在我们跌倒的时候给我们爬起来的力量……关于老师爱的细节说也说不完,道也道不清,只有把那深深的感激长埋心里,化为上进的动力,即使不能功成名就,也要做一个正直善良、有爱心的人,以回报深爱着我们的老师。

(韩文亮)

由于你在我功课不好的时候没有放弃我,你是我一生中对我影响最大的人。

考　试

◆李家同

明天,我就要退休了。做了整整35年的中学老师,可以说这一辈子我过得非常充实,非常有意义。

我到现在还记得我开始做中学老师的那一年,我刚毕业,就进入一所明星中学教数学，学生因为是精挑细选出来的，很少有功课不好的，教起来当然是得心应手，轻松得很，随便我怎么出题目，都考不倒他们。可是，我忽然注意到班上有一位同学上课似乎心不在焉，老是对着天花板发呆。期中考试，他的数学只得了15分，太奇怪了。全班就只有他不及格，而且分数如此之差。

有一天，放学以后，我请他和我谈谈。这小子一问三不知，对成绩的大幅滑落，讲不出任何理由。他一再说他上课听不懂我讲什么，我却觉得他不用功，因此就说我要去找他的家长。他立刻紧张了起来，他说他5岁时父亲生病去世了，母亲改嫁到美国，没有带他去。他一个人和祖母一起住，经济状况很好。可是祖母年纪大了，连国语都不大会讲，也不认识字，如果知道他功课不好，一定会非常伤心的。

他被我逼急了，忽然问我："老师，难道你以为我骗你？难道我会做题目，却假装不会做？"我被他问得哑口无言，除了鼓励他以后上课要用功一点儿以外，还愿意替他补习数学，而且当天晚上就开始。这位学生一开始还不大愿意接受我做他的义务家教，可是由于我的坚持，他只好晚上乖乖地在我的督导下做习题。

我发现他其实不笨，只是对数学反应慢了一点儿，每周替他补习两次以后，他终于赶上了进度，学得愈来愈好。两个月以后，我就不管他了。这位学生以后和我很亲密了。当时我们夫妻两人没有小孩，我太太知道这孩子没有父母以后，就请他来吃饭。他有什么事情，一定会来找我商量，包括一些生涯规划的问题。

他考大学也算顺利，去成功岭前还来向我们辞行，可是第三天，我收到一封他的信，信的内容令我吃了一惊。

老师：

请原谅我骗了你一次。当年我的功课忽然一落千丈，是我故意的。我一直没有爸爸，也想有个爸爸。这样，如果有什么问题，我好问问他，因此我心生一计，我发现我的英文老师、国文老师和数学老师都是男老师，我决定假装功课不好，看看他们反应如何。

我的英文老师对我的成绩完全无动于衷，他将考卷给我的时候，一点儿表情也没有；我的国文老师将我臭骂了一顿，他说他最痛恨不

用功的学生,他罚我站了一个小时。我虽然只读高一,但个子已经很高,高个子最怕罚站,这么大的人了,还要被羞辱,我当然心情不好。第二天《赤壁赋》一个字也背不出来,国文老师发现我交了白卷以后,立刻又罚我站,然后,在下课的时候,他向全班宣布,他已放弃了我。

唯一关心我的就是你,你不但一再问我怎么一回事,还替我补习。其实我只要你关心就够了,我完全没有想到你免费当我的家教老师,我必须假装不懂,如此装了整整两个月之后,才脱离苦海,但我从此发现我很会演戏。

最使我感动的人,其实是师母。她对我的关心,令我永远也忘不了。师母第一次请我去吃晚饭,正好寒流过境,我故意没有穿夹克。师母一看到我衣服单薄,立刻押着我去附近的冬衣地摊,替我选了一件厚夹克,我知道你们做老师的薪水并不高,还对我这么好,我知道我找到爸爸妈妈了。

我从此以后将你当做我的爸爸,有什么事,我都会问你,你也都会给我建议,我也偷偷地学你的为人处世。你对人诚恳,我也因此尽量对人诚恳,这些都是你所不知道的事。我要在此请你原谅我。我当年骗你,实在是迫不得已,我的确需要一个好爸爸,难得你对我关怀,我从此凡事都有人可以商量。由于你在我功课不好的时候没有放弃我,你是我一生中对我影响最大的人。

　　祝:教安!

骗你的学生　　张某某上

这封信令我出了一身冷汗,我们做老师的一天到晚考学生,却很少想到学生也在考我们。我的那位学生出了一个考题,显然只有我通过了这场考试。

从此以后我就特别注意学习较差的同学,无论他们的资质如何,我都不轻言放弃,总会尽量地帮助他们,使他们能学多少就学多少。这么多年来,我教了不知道多少功课不好的学生,有几位大器晚成,还得到了博士学位。不论他们的学业成就如何,仍都在社会上有工作可做,没有一位出问题的。

我发现这些学生都非常感激我,他们的任何成就,也都令我感到骄傲。

明天,有很多我过去教过的学生会来参加我的退休茶会,大多数恐怕都是当年功课不好的学生,那位骗我的学生当然一定会来。他的事业很成功,一直和我保持密切的联络。我要告诉他,我才应该谢谢他,他改变了我的一生,他是我一生中对我影响最大的人。

感恩提示

世事真是无奇不有,这世间不仅有考查学生的老师,也有考验老师的学生。

文中的张姓学生,过早地失去了父亲,为了找回父亲的感觉,给他的三位男老师来了一次真心大考验。结果只有"我"耐心地对待他,还免费地帮他补课,真心地关心他,和妻子一起带给他久违的父母的关心和爱,也带给他家庭般的温暖,让他感动不已。

学生对我的考试,给"我"上了最重要的一课,所谓"片言之赐,皆事师也",从某种意义上来讲,他也是"我"的老师,以一个精心编织的善意的谎言教会了"我":教育学生是要从心出发,付出真心的感情,哪怕学生再差,也不能放弃他们。这一个道理让"我"在讲坛上兢兢业业地耕耘,从不肯放弃一个功课不好的学生,奉献了自己的一生,桃李满天下,也获得了无数的敬重与爱慕。

其实,读了那么多年书,遇到的像文中的"我"一样好的老师也不少。记得初中二年级的时候,我消极、自卑,上课的时候课桌上堆满了小说,倔犟地漠视周遭的一切。那个刚分来教我的物理老师从不在意我的不礼貌,相反特别关心我,让我冰封的心慢慢融化,从来没有考过及格的我在中考的时候考了70多分,这全赖于物理老师的宽容和爱。世间也就是因为这些真心的老师,而多了更多美好的故事。

(韩文亮)

站在土坡上,冷风撩拨着我的头发,冷极了! 我心里一遍遍在呼喊:"孩子们,快让我看到你们!"

捻亮了灯等你

◆ 佚 名

冬天的夜,来得早。

电话铃响了。一个稚嫩的童音:"是田老师家吗?""是,我就是。"我急忙应道。打电话的是我们班上最调皮的男孩。"明天一早,侯婕要转学回老家。大家商量明早6点在学校门口为她送行。您能参加吗?""当然! 我一定准时到达!"我不假思索。"真的? 谢谢老师,再见!"一瞬间,我好像看到了电话那头甜美的喜悦。

整整一夜,我的心一直被什么激动着。几个月前,那是怎样一个班? 纪律涣散、习惯恶劣、成绩落后,直到新学年开始,都无人愿接。而今天这一举动又怎么会发生在他们身上? 早晨6点! 天哪,那是黎明前最黑的时候! 这坐落在山脚下犹如荒岛的小学校,天一黑,老师们都要结伴而行……我的心乱极了,再想要阻止已没有可能。我细数着钟表的滴答,总算熬过了这一夜。

匆匆洗漱完,抓起背包便冲出家门。冰冷的黑土,呼啸的寒风,吞并着深沉的夜色扑面而来。奇怪的是,恐惧并不像想象中那样包围我。我加紧步子,心里只盘踞着一个念头:"愿孩子们都安全!"踩过煤渣垫起的小路,穿过仍在沉睡中的矮房,我一口气爬上了陡坡。

几声清脆的童声离我越来越近。"老师! 您在等我们?"一个女孩惊喜地发现了我。几个同学如欢奔的羔羊朝我跑来。我张开双臂想要将他们全部拥在怀里,告诉他们我有多么的担心。

校园里一片漆黑，只有传达室透出一点亮光。我和孩子们急步跑向校门，只想稍稍安抚这群受惊的心灵。叫醒了值班的师傅，我来不及过多地解释，只有点点头表示歉意。没有约定，我和孩子们一同在黑暗中开始寻找所有的照明开关。当一个个并不明亮的灯泡被点亮时，我们都长长地舒了口气。我问他们："是害怕吗？"一个男孩告诉我："不是！打开灯，所有在坡下和山上的同学很容易就看到了教室的亮光，他们就不会害怕了。"望着这些天真无邪的面孔，我眼中的泪水涌动了。"好了，孩子们，待在教室，我要去接没来的同学，等着我！"

站在土坡上，冷风撩拨着我的头发，冷极了！我心里一遍遍在呼喊："孩子们，快让我看到你们！"焦急、企盼、忧虑交织在一起，眼泪冻结在我的眼里。

远处，山坡上传来一群孩子的说话声。我激动得快要跳起来了。"快看！教室灯亮了！""快点儿，咱们迟到了！"几个孩子挥舞着双臂向学校飞奔而来，大大的书包在他们身后一颤一颤。黑暗中闪烁着点点微弱的白亮，那是孩子们精心赶制了一夜的贺卡。

"老师，已经到了25人，还有35个同学没来。"不知何时，我身后已站着一大群孩子。"那好，我们一起等！"幽深的小土坡下疾跑来一个黑影，跳跃的两条麻花辫在夜里格外醒目。"是侯婕！"几乎是不约而同地欢呼。侯婕飞奔着扑进我怀里。我不知道在黑暗中，她是如何辨认出我的。"老师，我妈妈病了，我必须回老家读书。刚才，我老远就看见教室里的灯，我知道您来了。"我紧紧地抱着她，什么也说不出。虽然，我看不清天使的模样，却听到了天使的声音。

天空吞没了最后一颗星星。晨曦里，校门口站齐了我的60个孩子。我们注视着彼此冻红的鼻尖和脸蛋儿，在喷吐出的每一口雾气中会意地笑了。那笑容比初升的太阳还要美丽。

这次漫长的等待中，我想起泰戈尔的一句名言："不是锤的打击，而是水的载歌载舞才形成了美丽的鹅卵石。"

是的，虽然在冬季，我却收获了。

感恩提示

在寒冷冬季的凌晨6点，全班同学相约为一个同学送行。担忧的老师一夜未能成眠，并按照约定的时间到了教室，和早到的同学一起点亮了教室里的

灯，为还在黑暗中赶路的孩子驱赶恐惧，并且焦虑地跑到寒冷的教室外等待还没到的孩子。在寒冷的暗夜里，激动、焦急、企盼、忧虑，交织着冻结的泪水，把一位深爱孩子的老师的心赤裸裸地捧到空气中，在茫茫的黑暗中为学生点燃了一盏温暖的灯。

捻亮了灯等你，那是一种多么温暖的感觉，就像深夜归来，母亲依然顶着花白的头发，坐在昏黄的灯光下等你，让你忍不住感动满怀。从黎明前最黑暗的时候，到天空吞没了最后一颗星星，短短的时间里，却见证了师生之间最真挚的爱。如果没有率先付出爱的老师，令人头痛的差生又怎么会变成乖巧懂事的学生，同学之间、师生之间又怎么会建立起如此深厚的情谊？黑夜寒风考验了一个老师和60个孩子的爱，让人虽然身处万物萧条的冬天，却仍然感觉到了收获的喜悦。

(韩文亮)

当我离开瑞哈特先生的班级时，用来武装自己的知识是任何测验也无法考查的：团结、乐趣、尊重和勇敢。在我的一生留下了不可磨灭的印记。

我的男老师

◆[美]特里·米勒·沙隆

他的名字叫雷·瑞哈特。他班上的学生，自然是把他称作"瑞哈特先生"。开学的第一天，我，一个腼腆害羞的10岁小男孩，一见这位老师牛蛙般的大眼，顿时如遭雷击，脚下的球鞋瑟瑟发抖。一位男老师对我来说还是新鲜事儿，也是我不喜欢的事。

一天早上，他说："选你在班上最好的朋友，然后把你的课桌挨着他的旁边放。"

什么？我们面面相觑。

一个女孩举手："你是让我们把自己的课桌放在我们最好的朋友旁边？"

"我是这个意思。这样方便你们互相帮助。"

教室里一片嗡嗡声。别的老师总是把交情好的分开。显然，新来的这位不懂规矩。

每当我抱怨新教师的奇思怪想的时候，母亲总是安慰我说："特里，他只是个男的罢了。他只是个人，和别人一样。"

但事实证明母亲错了。在我的生活中，他绝对是一个与众不同的人。

就在第二天，我正冲着作业本上的数学题犯愁。瑞哈特先生在我的课桌前停了下来："有问题？"

我默然地点点头。

"你找你的同桌帮忙了吗？"我还没来得及摇头，他就轻声地提议道，"你为什么不呢？"

我的朋友瞅了一眼我的本子，说："你怎么弄的，到底动脑筋想过没有，弄得这么乱。"她用她的橡皮擦把我本子上乱七八糟的涂鸦和深浅斑驳的橡皮痕迹清理干净。"这样！"她说，"干干净净地从头开始。就大不一样了！"确实如此，而且如果不是我的朋友建议的话，我绝对想不到。

在班会时瑞哈特先生也与别的教师不同。他不会刻意地在自己周围划出"我是大人"的分界线。我们可以和他谈心，就好像他和我们一般大小，毫无拘束。轮到他说话时，他谈话的口气就好像我们都已经是成年人了。他兴趣盎然地倾听我们的意见，提出自己的非强制性的建议。

在那一年，我的心里充满了对核战争的恐惧。每当进行防空演习的时候，我们就躲在课桌底下蜷作一团。朋友家里都修建了用作空袭避难的地下室。在我们的房子里，我们在壁橱里放了一个木箱，以防万一。我和朋友们不厌其烦地讨论"当我们被袭击的时候，我们会在哪里？我们会在做什么？"

一天在操场上，瑞哈特先生信步走过来，我想知道他的想法。

他毫不犹豫地说："因为生命无常，我们应该由衷地庆祝活着的每一分钟。"他抬头环视着四周操场上的孩子们——玩格子戏的孩子，跳绳的孩子，还有的孩子在踢毽子，又仿佛是自言自语地补充说："一定要做你最喜欢做的事情。"对我而言这显然是他的肺腑之言。

我对十五年级的体育课简直是恨之入骨。我没办法协调有序地挪动两条过长的双腿跑步，我对球都无可奈何，无论是接、打，还是扔。在那几年里，我参加体育运动只是因为不得已。

在学校昏暗的半地下室里有一个快餐厅和体操队，在雨天是用来活动的大房间。瑞哈特先生就利用这个地下室上他的体育课：跳舞。运动就是运动。一想到换个法子的折磨，我的手心就紧张得出汗。"要勇敢！"上课第一天瑞哈特先生在我的耳边低声说。

我们跳华尔兹，学习波尔卡舞，但大多数时候我们都跳四步舞。我们的教师负责喊口令，放录音，示范表演，手把手地教，身兼数职。我惊讶地发现每一个人，甚至班上的跑步健将，最棒的玩球好手，比起我的毛手毛脚来说只能说是不相上下，甚至是有过之而无不及。这样一来，跳舞对我来说就不是那么难以忍受了。整个冬天只看见我们昂首挺胸地合着《铃儿响叮当》的曲子舞步翩翩，厨房里飘来阵阵意大利面条的香气，混合着消毒水的味道。冷硬的寒风拍打着地下室地面上的半扇窗户。

当我和瑞哈特先生搭档的时候，他轻声地在我的耳旁数着节拍。等到舞曲结束，他轻声说："你跳得很棒。别忘了我说的话。"真是太有趣了，我已经忘记了这也是运动之一。

作为社会实践的一部分，我们要成双成对地在班级面前汇报演出。"要有创意。"瑞哈特先生鼓励我们说，"使它成为一种乐趣。"

我的朋友和我，两个同样害羞、拘谨、羞于登台的人选择了《圣弗朗西斯科》这首曲子作为伴奏音乐。我们抓紧在课间休息时间练习，在午餐时间练习，放学后继续练习。就这样练习了好几个星期，直到舞技纯熟，自然流畅。

尽管我已经对所有的舞步了如指掌，但临到表演那天早上，站在舞台上，就像有人掐住了我的脖子一样快喘不过气来了。我凝望着站在房间最后面的瑞哈特先生，他微微一笑，点点头，好像没有看出我的声音因为惊恐而尖细痉挛。

"棒极啦！"当我们跳完后鞠躬谢幕的时候，他喊道，像打雷一样噼里啪啦地拼命鼓掌。无疑他的掌声更多的是献给我们的自信，而非我们的舞技。但在那一刻，我的骄傲与沐浴在观众奉献的花雨中的百老汇明星比起来也毫不逊色。

"你意外吗？"当天课后我们问瑞哈特先生。

"一点儿也不。"他摇摇头，"你们很勇敢。就像我期待你们的那样。"

"我不勇敢。"我坦白说，"我想哭或者甩手不干或者干脆跑出教室。"

"是的。但是无论如何你没有那么做。这就叫勇敢。不是你怎么想，而是你怎么做。"

啊！他的话像箭一样射中了我的心，我的眼睛倏地一下亮了，恍然大悟。这是我生命中几次最振聋发聩的"啊"的经历之一。

那天晚上吃牛排的时候，母亲问："今天你在学校里学了些什么？"我毫不迟疑地回答："真正的勇敢。"

但是我心知肚明，当我离开瑞哈特先生的班级时，用来武装自己的知识是任何测验也无法考查的：团结、乐趣、尊重和勇敢。这在我的一生留下了不可磨灭的印记。

瑞哈特先生真是一个很特别的老师，编座位的时候让我们坐在好朋友旁边，不会做作业的时候让我们请教同桌，这让我们学会了团队协作互助的道理。他一直像个最亲切的朋友一样聆听我们的心声，适当地提出有用的建议，总是在我们最迷茫的时候让我们恍然大悟。当我们恐惧着核战争，提心吊胆地度过每一天的时候，他告诉我们，与其整天担忧，还不如学会快乐地度过每一天。他还利用简陋有限的条件，让大家学习跳舞，让"我"忘记了自己讨厌运动的事。当"我"跳舞的时候，是他鼓励"我"，当"我"结束舞蹈的时候，又是他赞美我。他就像人类无法或缺的空气一样，无时无刻不在我们的身旁，在我们怯弱的时候，给我们勇气，在我们自卑的时候，给我们信心，在我们成功的时候，给我们捧上鲜花。

瑞哈特先生的教诲，恐怕是"我"一生中最美好的回忆吧。瑞哈特先生把人类应该拥有的最美好的美德都教给了我们，"我"刚上他的课的时候，还只是一个怯弱、胆小、自卑、羞涩的小男生，离开他的时候已经学会了团结、乐趣、尊重和勇敢，得到了一生都受用不尽的宝贵财富。

(韩文亮)

每天，我都按照您教我的方法跟我的手指说话，祝愿它快快长好，并且，它也在听我说话呢。

蒂米的愿望

◆在水一方

　　第一次见到蒂米的时候，是在夏威夷的一所小学校里，当时，他正在学校操场上的一棵古老的菩提树下和同学们欢快地玩耍。那时，我是一名小学老师，而他才5岁，是一个很合群、很讨人喜欢的小孩子。

　　那是8月中旬的一天，当时，我正在办公室里批改作业，蒂米的老师和他一起跑了进来。他痛苦地"哇哇哇"大哭着，而他的老师则近乎有些歇斯底里了。她告诉我说，盥洗室的门夹了他的手指，并把指尖部分夹掉了，虽然她已经用手绢将他的食指包了起来，但是，因为血流得太多了，也不知道他的食指还能不能保住。于是，我连忙通知学校的校车司机，让他立刻把他们送到急救中心去。

　　几分钟之后，电话铃骤然响了起来。原来是医生打来的，他问我们能否找到蒂米那被夹断的指尖。他说如果我们能及时把它送到他那里，那么蒂米的手指还有一线被治好的机会。顿时，我感到一阵眩晕，立刻从椅子上弹了起来，向盥洗室跑去。真是谢天谢地，蒂米那被夹掉的指尖还在那儿。我小心翼翼地用一条干净的手绢将它包了起来，然后，抓起车钥匙，飞身上车，向急救中心飞驰而去。

　　急救中心里，医生们正焦急地等待着我。然而，不幸的是，当我打开手绢，把蒂米那被夹掉的指尖呈给医生看的时候，它已经变成紫色了。当医生把它放到他的手上的时候，不禁皱起了眉头，无奈地摇了摇头，我知道一切都太迟了。

顿时，我的心猛地一沉，平静地问道："蒂米在哪里？"

医生指着走廊前方的一间病房说："他正在那里接受治疗，以便把他的血止住。"

"我能去看看他吗？"我问道。

"当然可以。"他一边说一边示意我可以进去了。

此刻，蒂米正躺在一张平坦的盖尼式床（一种装有轮子的金属担架，用于搬运病人）上。他一定还在不停地啜泣着，因为，当我走近他的病床边的时候，我看到他的胸脯还在一上一下地起伏着。

"嘿，蒂米，"我轻轻地擦掉他额头上的汗水，小声地唤道，"你现在感觉怎么样？"

"还好，老师。"他竭力忍着泪水，呜咽道。

看着我的小朋友那痛苦的样子，而我却无能为力，我感到好无助好难受。突然之间，我的脑海里闪过一个念头。我弯下腰，伏在他的耳边，轻声地问他："蒂米，你知道吗？小壁虎的尾巴断了以后还能再长出来，而小孩子的手指受伤以后也一定会再长好的。"

听我这么一说，蒂米那双柔弱的蓝眼睛一下子睁得大大的。"真的吗？"他兴奋地问道，很显然，对我的说法他感到非常惊讶。

"当然，它一定会长好的。"我肯定地答道。

"那怎么才能让它长好呢？"他问道。

"呃，蒂米，现在，你闭上眼睛，听我慢慢告诉你。"我想教他学学我年轻时曾经学习过的在夏威夷的一种古老的心灵术，当然，我是在那些经验丰富的长老和前辈的监护下学习的。自从我们家到夏威夷已经历了五代了。进入新世纪后，我欣喜地发现，现在各个知名大学的学者已经开始认可这种古老的智术。斯坦福大学名教授威廉·A.泰勒先生说过："许多人总是觉得很难理解我们的'意愿'所具有的能改变世界的超能力，但其可以感知的效果已被大量实验所证明。"

当蒂米闭上眼睛的时候，我就开始说："好的，蒂米。现在，在你的脑海里有一种声音。你知道那是我对你说话的声音吗？"

"呃——嗯。"蒂米点了点头，他的眼睛仍旧紧紧地闭着。

"这样，蒂米，跟着你脑海里的声音，告诉你的手指你是多么的爱它，多么

地需要它。"我一边说一边注视着蒂米那全神贯注的小脸,"告诉你的手指你需要用它来拨电话号码,"我看着他的嘴唇一张一翕地在默默地重复着我所说的话,稍微停顿了一下,然后,接着对他说,"告诉你的手指说你需要用它来写字。"说到这,我又停顿了一下,以便让他能跟上我,"并且,你还要告诉它你是多么需要它来为你指点方向。"说完,又停顿下来,等他一会儿,然后又继续说,"现在,你就说,手指,手指,快快长;手指,手指,我爱你!"

过了一会儿,蒂米睁开了眼睛。

"感觉怎么样,蒂米?"我微笑着问道。

此刻,我发现蒂米那泪痕斑斑的脸上又焕发出了光彩:"记住,蒂米,每天当你想到你的手指并且希望它快点儿长好的时候,你都要像我刚才教你的那样来做。"

说完,我在他的额头上轻轻地吻了一下,对他说了声"再见",然后转身向门口走去。就在我转过身的那一刹那,我突然意识到了什么。如果他们家人认识不到这种方法的真正力量,他们可能会阻碍他这么做。为了不使蒂米对可能出现奇迹的有限的信心减少殆尽,我立即转过身,回到他的床边。

"蒂米,"我对他说,"你的手指一定会长好的,但是,你一定要等到它完全长好之后,才能把这个特别的方法告诉别人,好不好?"

"好的。"他回答道。

几天之后,蒂米回到学校,手指上绑了一个大大的绷带。他灿烂地笑着,走到我的身边,平静地说:"每天,我都按照您教我的方法跟我的手指说话,祝愿它快快长好,并且,它也在听我说话呢。"

几个星期之后的一天,蒂米欣喜若狂地飞奔到我的身边。他骄傲地解开了手指上的绷带,把他这些日子来努力工作的"成果"呈现给我看。"老师,您看,"他兴奋地说,"它真的长得很好啊!"

转眼,一年过去了。有一天,蒂米来到我的面前向我道别,因为,他和他的家人就要搬到别的地方去住了。蒂米的手指已经完全治愈了,就像其他的食指一样圆润、饱满,只是留下一道非常细小的疤痕。

虽然,蒂米离开了我,但是,他却一直留在了我的心里,并且时常提醒着我万事都可能产生奇迹。不仅如此,每当失败的念头涌进我脑海的时候,我就会想起蒂米,从他的身上,我学会了如何向失败的念头挑战。直到今天,他仍然在激励着我去探索那些未被世人认可的学问,并且,牢记长老的至理名言——只要你有坚定的信念,任何奇迹都会出现。

感恩提示

小小的蒂米食指被夹断了,更痛的人是他的老师。难过的老师为了安抚他的情绪,也为了治好他的手指,在医生都摇头放弃了的时候,亲切而耐心地教会了他"意念"治疗的方法。小蒂米是多么信赖他的老师啊,这颗纯真的心一心一意地相信他老师的话,最终把不可能变成事实:手指真的长好了。而老师在教育小蒂米的同时,也从这位学生身上学会了向失败挑战,学会去勇敢地探索更多科学之外的奥秘。

其实意愿产生超能力并不是神话,它已经被世间无数具有坚强意志和不屈不挠精神的人印证了。只要有了坚定的信念,就能产生强大的信心和勇往直前的勇气,披荆斩棘,一路向前,并且创造了一个又一个的奇迹。老师教小蒂米"意念法",其实就是传授给他顽强拼搏的精神和相信自己的信心。我也相信,小蒂米在往后的成长路上,一定是一个手握鲜花的成功者,因为他的老师,曾经传授给他缔造奇迹的力量。

(韩文亮)

无论家庭是贫是富,学习成绩是好是差,无论遇到多大的挫折,都不要灰心,要坚信"我肯定能行"。

我肯定能行

◆刘 艺

那年,本以为能考上重点大学的我却意外落榜了。我回到了老家。曾经的

梦想,曾经的豪情壮志如水蒸气一样被蒸发了。我心里想的是面朝黄土背朝天过一辈子。回到家的第三天,村小学的老校长找到我,他说学校里缺老师,希望我能去给孩子们当老师。起初,心灰意冷的我怎么也不想做。最后,在父母的劝说下,我勉强答应下来。

我们的村小学是周围几个村子共有的一所小学,有10个班,大约300名学生,我担任四年级两个班的语文课。第一次以老师的身份走上讲台,学生们给了我热烈的掌声。我没有做自我介绍就开始讲课,因为我实在对教书没有什么激情。一堂课下来,我也不知道自己都讲了些什么。下课铃一响,我刚要走下讲台,突然有个孩子站起来说:"老师,您还没有告诉我们您的名字。"我寻声望去,是坐在最后面角落里的一个男孩子。我看了看他,说:"你们以后喊我刘老师就可以了。"说完,我走下了讲台。刚走到门口,我又听见那个男孩子大声喊:"刘老师,我叫王勇敢,小名铁蛋。"我回头冲他一笑,走出了教室。身后,我听见了同学们哄笑的声音。我心里想,这个王勇敢,可真够勇敢的。

第二天上课的时候,我特意把目光投向了教室最后面的那个角落,看见王勇敢正仰着微微有些黑的小脸,看着我呢。那堂课,我故意点了王勇敢的名,让他来读课文。我刚点完名,下面便爆发出一阵哄堂大笑。我觉得很奇怪,示意同学们安静。王勇敢站起来,两手捧着课本,读了起来。当他读完课文后,我终于知道了同学们哄堂大笑的原因。王勇敢读的是错字连篇,他把"坡"读成"披",把"猎"读成"猪"。看来,王勇敢的学习成绩够差的。尽管,他读错了许多字,同学们不时地笑他,但他好像一点儿也不在乎,脸上带着憨憨的笑,仿佛他读得很好。

下课后,在办公室里,我和一位老师聊起了王勇敢。这位老师说:"那个孩子学习差得很,他9岁才上学,没上一二年级,去年直接念的三年级,怎么能跟得上呢?"我问:"那他怎么上学这么晚?""这孩子说起来很可怜,他家在前面的张庄,他爹去年出外打工被车撞死了,他娘扔下他改嫁了,他跟着爷爷奶奶生活。"我心里"咯噔"一下,我无法把这么悲惨的身世同那个脸上带着憨笑、看起来很快乐的男孩子联系起来。

放学后,在回家的路上,我看见了王勇敢。他背着一个很破旧的布书包,别的孩子都是三五成群地走在一起,他却是一个人走在路边,嘴里还嘀咕着什么。我紧走几步,走到他身边。他看见我,笑着说:"老师,您好!"我点点头。"王勇敢,你走路怎么嘴还不闲着,一个人嘀咕什么呢?"我摸着他的头问。"老师,我在背课文。"他说着,从书包里拿出语文课本,翻到其中一页,指着一个字问我,"老师,这个字念什么?"我看了看,那个字是"翼"。我说:"这个字念'翼',以后遇到不认识的字,老师不在你就查字典。""老师,我没有字典,爷爷说等我语文考 90 分,他就会给我买本字典。我一定能的。"他说着攥了攥小拳头。回到家里,我把自己上学时用的字典和文具盒等一些学习用品找了出来,想把它们送给王勇敢。看着这些曾经伴我苦读的学习用具,我想起了自己苦读的日子,不由得一声叹息。我把字典和文具盒拿到学校,送给了王勇敢。他接了过去,低下了头。我说:"王勇敢,你可要爱惜它们呀。"

放学后,我正急匆匆地往家赶,突然身后有人喊:"刘老师,您等一等。"我停下来,不用转身看,听声音我就知道是王勇敢。他跑到我面前,仰起头说:"老师,我一定要考个 90 分给您!"我看见他的眼里泛起了泪花。我笑了,摸着他的头,和他一起并肩走。"王勇敢,你觉得哪门课学起来最难?"我问他。"哪一门课都难,但我想哪一门课都要学好,要赶上去。不然,爷爷就不让我上学了,我将来还要上大学呢。"他的话充满自信,又略带忧伤。不知道为什么,他的话一下子击中了我。为什么我连一个孩子的勇气和自信都没有呢?

期中考试,四门功课,王勇敢只有数学及格了。我担心知道自己的成绩后,王勇敢会难过,就想找他谈心,安慰安慰他。没想到,我还没找他,他却找到我的办公室来了,他很高兴地对我说:"老师,我的数学这次及格了!"看他一脸兴奋的样,我有些愕然,刚刚及格,怎么这么高兴呢?"老师,这是我第一次考及格,我想,很快我就能给您个 90 分了,您等着瞧吧!"王勇敢说完,就跑出了办公室,像一只快乐的小鸟。

我怎么也想不明白,一个遭遇这么悲惨、学习成绩被别人远远抛在后面的孩子怎么会有这么难得的自信,这么难得的乐观?而我,曾经的豪情壮志经不起一次落榜的打击,曾经的梦想不知丢到哪里去了。那个学期,王勇敢是班里唯一没有缺课没有迟到的学生。虽然他没有考到 90 分,但是期末考试他四门功课全部及格了,尤其是语文成绩,竟然考了 82 分。虽然他没考到 90 分,但他并未感到沮丧,只是很认真地对我说:"老师,我能行的,我一定能考 90 分给您,您等着瞧吧!"

第二学期,我也成了一名学生,只不过是自学。我决定通过自学考试来拿文凭,我决定在心中重新把我的梦想树立起来,把曾经的豪情壮志找回来。

现在,我已经成为一所重点中学的特级教师,而当年那个自信、乐观的小男孩王勇敢已经在上海一所大学读书。我生日那天,收到他寄来的贺卡。他在贺卡上就写了一句话:谢谢您老师,请相信我能行!看着贺卡,我的思绪又飘回到了那段岁月。我想,应该说谢谢的是我,是当年那个自信乐观的小男孩给了我自信和力量。他的那句"我能行的"给了他力量也给了我力量,使我们满怀希望地走过了人生路上的一段坎坷日子。

每一学年开学,我都把王勇敢和我自己的故事讲给我的学生听,我希望他们无论家庭是贫是富,学习成绩是好是差,无论遇到多大的挫折,都不要灰心,要坚信"我肯定能行"。

高考失意的"我"迫于无奈去当了一名乡村老师,一开始并没有把心放在教学上。学生王勇敢是一个跟不上学习又遭遇不幸的孩子,但却是一个憨厚而且乐观知足的人,即使在最不可能的时候,也始终相信一句话:我能行。就是这股信心支持着他像个勇敢的骑士,坚持走下去,遇石搬石,遇山移山,遇到荆棘就把它砍掉,遇到小溪拦路就跳过去,勇往直前,最终到达了目的地。他就像人生中的一道闪光,驱散了"我"心中的迷雾,让"我"学会无论何时都不应该放弃自己,要有勇气,有信心,为了梦想去克服所有的困难。虽然"我"教会了他课本上的知识,但是他却教会了"我"人生的道理,给了"我"力量,让"我"为身为一名教师而感到光荣,并坚持在讲坛执教下去。与其说"我"是他的老师,不如说他是"我"的老师更为贴切吧。

师生就是这样互相勉励,各自走上了成功的大道。人生低谷的那一次交会,却碰撞出信心的火花,照亮前路。

(韩文亮)

在白天，我们所能看到最远的东西是太阳；但在天空最暗的时候，我们却可以看到比太阳更遥远的星星，而且不止一个，数量多得数不清。

恩师教我处世

◆李阳波

真心投入就会有所收获

记得初中一年级的时候，期末考试挂了红灯之后，李老师让我到他家里去。李老师在客厅里迎接我，陪着我天南地北地闲聊。

李老师问我："你喜欢打球吗？"我回答："不，我不是很喜欢打球，我大部分时间都用来看书，听音乐。"李老师继续问："那你喜欢打牌吗？"我忐忑不安地回答："不，不，我不会打牌的。"李老师又问："那你喜欢看电视上的田径或是球类比赛吗？""不！不！不！电视上的这些东西我更不喜欢。"我不知东西南北地回答着。

李老师听了一语不发，目光久久停留在离我 3 尺远的地方，若有所思。沉默了好长好长一段时间，我沮丧地问李老师："老师，您觉得我还有必要继续读书吗？"李老师斩钉截铁地回答："你继续学习我不反对，但如果你想再叫我李老师，我则是坚决不赞成的。"

我惊讶不已地问："那是为什么呢？李老师！"

李老师意味深长地回答："一般人养黄鹂，绝对不会将黄鹂关在自家的鸟笼里，而会带它到花鸟市场，那儿有更多的黄鹂。这只新的鸟儿，在花鸟市场听到同类此起彼伏的鸣叫声，便不甘示弱，也引吭高歌。这是养鸟人训练黄鹂的诀窍。"

我疑惑不解地问:"这和我又有什么关系呢?"

李老师继续说:"养鸟人通过刺激黄鹂交流的天性,来训练黄鹂展露优美的歌声,若是没有交流,这只黄鹂可能就终生喑哑了,不能发出任何叫声。"

我若有所悟地点点头。

李老师继续说:"经过我刚刚和你的一番谈话,发现你既不运动,也不喜欢运动,更不喜欢打牌、球赛,排斥所有竞赛性的活动。我认为,像你这样的年轻人,将来恐怕难以有所成就,所以反对你继续喊我李老师。"

太多人因为恐惧失败而不愿意参与竞赛,通过黄鹂的启示,我终于了解,原来竞赛的目的不在于输赢,而是在于每一次投入都能让自己成长。

你是选择杯子还是水

一次,我们几个分别了多年的同学相约去拜访中学的李老师。李老师很高兴,问我们生活得怎么样。不料,一句话就钩出了大家的满腹牢骚。大家纷纷诉说生活的不如意:工作压力大呀,生活烦恼多呀,做生意的商战失利呀,当官的仕途受阻呀……仿佛都成了时代的弃儿。

李老师频频点头、笑而不语,从厨房拿出一大堆杯子摆在茶几上。这些杯子各式各样,形态各异,有瓷器的,有玻璃的,有塑料的,有的杯子看起来豪华而高贵,有的则显得普通而简陋……

李老师说:"大家都是我的学生,我就不把你们当客人看待了。你们要是口渴了,就自己倒水喝吧。"大家你一言我一语、七嘴八舌,说得口干舌燥了,便纷纷拿了自己看中的杯子倒水喝。

等我们手里都端了一杯水时,李老师发话了。他指着茶几上剩下的杯子说:"有没有发现,你们手里的杯子都是最好看最别致的杯子,而这些塑料杯却没有人选中它。"

当然,我们并不觉得奇怪,任何人都希望自己拿着的是一只好看的杯子。

李老师继续说:"这就是你们烦恼的根源。大家需要的是水,而不是杯子,但我们有意无意地会去选择最漂亮的杯子。这就如我们的生活——如果生活是水的话,那么,工作、金钱、地位这些东西就是杯子,它们只是我们盛起生活之水的工具。其实,杯子的好坏,并不影响水的质量。如果将心思花在杯子上,大家哪有心情去品尝水的甘甜，这不是自寻烦恼吗？"

天黑时你会看到更多的星星

有一次，生活失意的我，在路上与李老师巧遇，李老师关心地询问我的近况。经昔日的恩师这么一问，我仿佛久旱逢甘霖一般，将自己从离开学校、进入目前的工作单位之后遭遇的所有不顺利一五一十地对李老师尽情倾诉。

李老师耐心地听着我的抱怨，等我好不容易才告一段落的时候，李老师才点点头，说："看来，你的状况似乎不是很理想，不过，重要的是，你有没有想过要改变这种现状，让自己过得好一点儿呢？"我急忙回答说："我当然想要过得更好呀！李老师，你有什么诀窍吗？"李老师神秘地笑了笑："的确有诀窍，你明天晚上若是有空，到这个地址来找我吧！"说着，李老师递了张名片给我。

第二天晚上，我来到李老师的住处，那是在市郊的一处简陋的平房。李老师一看到我，就高兴地在屋外摆了两张凉椅，让我坐下来陪他聊天、看星星。李老师言不及义地和我聊了一会儿，我有些坐不住了，急着让李老师告诉我，如何才能使自己过得更好。

李老师微笑着指着天上的星星说："你可以数得清天上有多少星星吗？"我抓了抓头回答："当然数不清了，这和我有什么关系吗？"李老师望着我，语重心长地说道："孩子，在白天，我们所能看到最远的东西是太阳；但在天空最暗的时候，我们却可以看到比太阳更遥远的星星，而且不止一个，数量多得数不清。"我若有所悟地抬头看着星体，想着李老师所说的话。

李老师继续说："我知道你的处境并不顺利！但若是年轻时便一帆风顺，终其一生，你也只不过看到一个太阳，更重要的是，当你的人生进入黑夜时，你能看到更远，看到更多的星星。"

我的思绪仿佛进入到宇宙的最深邃之处，感觉自己犹如站在珠穆朗玛峰峰顶，一片大好的未来美景，正在我的眼前舒展开来。

俗话说：姜还是老的辣。年轻的我们还不懂得多少人生的意义，不懂得如

何学到更多的东西,让自己活得更轻松,过得更开心,得到更好的发展。而李老师从青春的路上一路磕碰走来,看尽世间繁华,凝聚了自己的心血和汗水,用无数的失败和教训,积累了比我们更为丰富的人生经验。他没有任何的豪言壮语,每一次的说教都是那么的朴实无华,但却用他的睿智,把"我"带到世界的最高峰,看尽山脚的风光;把"我"带到无垠的宇宙空间,让"我"了解生命的奥妙;把"我"带到人生的旅途上,让"我"学会做人的道理。他是我一辈子的恩师,总能在"我"最彷徨无助的时候及时出现,拉"我"一把,让"我"不至于掉进绝望的深渊。他是"我"应该用一生去尊重去感激的人,就如在无边黑夜里忽然出现的一点星光,又如迷途里的灯塔,又如在干涸的沙漠里突然看见的绿洲,让"我"一生都向往。

(韩文亮)

老师就像一个陀螺一样一直旋转在讲台上，送走一批学生，又迎来新的一批学生。老师教给学生稳重，学生又把青春气息感染给老师；老师传授知识，又从学生身上学到不少的东西；老师付出努力，又从学生的笑脸上看到收获的喜悦……师生就在朝夕相处中，共同成长，共同见证了那一段难忘的岁月。

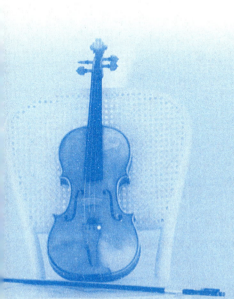

粉笔盒里的"特殊奖品"

　　也许虽然只是一个微笑、一个眼神、一根竖起的大拇指，但却倾注了老师对我们的深深爱意。这爱意就像万能的钥匙，能打开我们心的枷锁，让阳光照进我们的心灵，用爱的热量驱散我们心里的阴霾，抚平我们受伤的心灵，给我们努力前行的动力。

老师，是我们生命中一道永恒的风景；老师，是我们心中永远的牵挂。我们永远不会忘记老师，今生今世，念念不忘。

钱老师又哭了

◆陈凡德

这次，钱老师也来参加了我们的同学聚会。二十多年不见，她老了，头发花白，眼神已经失去了往日的光彩，身体比以前更胖了，坐在那里好像都不愿意移动一下。我真不敢相信，这就是我们那位说话干脆利落、做事雷厉风行的钱老师。

二十多年前，我们44个同学实现了"跳龙门"的愿望，从四面八方聚到一块，组成了一个班集体。

王班长说，钱老师是我们班的第一任班主任，教我们化学。钱老师是一位好老师，对我们的学习要求非常严格。她比其他的老师到班级来得勤，每天都看着我们早读、晚自习。对学习成绩不好的同学一点不留情面，当然，她也组织班上其他同学对成绩不好的同学进行帮助。她不光关心她所任教的化学，还督促我们学好其他学科。

蔡胖胖说，钱老师像慈母，对我们十分关心。入校没几天，我夜里肚子疼，钱老师知道后，连夜组织几位同学将我送到医院。医生诊断为阑尾炎，需要立即动手术。动手术需要家属签字。可当时通讯不便，谁家有电话呀，并且交通也不发达。要是等我父母来医院，不知要等上几天。当时，钱老师想都没想，自己垫钱为我办了住院手续。钱老师对医生说，我是孩子的老师，我代表孩子的家长签字。希望你们早点替孩子做手术。手术非常成功，我的命保住了。事后医生说，多亏手术及时，不然，后果不堪设想。

第三辑 粉笔盒里的「特殊奖品」

　　崔眼镜说，记得那些冬天的早晨，其他班级的同学都还躺在被窝里，钱老师就来敲我们宿舍的门，把我们从暖暖的被窝里拖起来，让班长带领我们长跑。一来孩子觉多，瞌睡还没醒，两眼朦胧；二来天气寒冷，脚踩浓霜，咔嚓咔嚓响。我心里怨呀：我们怎么就不能像其他班的同学那样睡个懒觉？而到了今天，我们体质这么好，才意识到多亏了当年钱老师坚持让我们长跑。

　　几位同学的发言让我也想起了一些事。那时候，班上一同学夜里常尿床。钱老师悄悄关照同宿舍的几位大一点的同学，每天夜里轮流值班，叫那同学起身上厕所。我还记得，有时钱老师会突然打断其他老师的上课，在教室门口喊一声："下午有雨，请同学们都把雨具带到教室来。"或者是："明天降温，明天每人都多穿一件衣服。"或者是："今天天气好，都去把被子抱出来晒晒。"

　　接过话筒，钱老师哭了，她哭得那么痛快，却哭得让我心疼。好半天，她才平静下来，哽咽着说，同学们说的这些事，我怎么不记得？当年，你们能考上这学校不容易呀。我舍不得你们。你们当时都才是十五六岁的孩子。我儿子跟你们一般大，他在家里衣来伸手，饭来张口。可你们小小年纪就离开父母，离开亲人，独自来到几百里外的学校读书，真不容易。我有时夜里查宿舍，远远地就听见你们哭成一条声。我知道你们是在想父母，我不忍心批评你们，只得偷偷躲在门外陪着你们流泪。因为我也有一个像你们这么大的孩子呀。刚进校时，我发现有些同学想喘口气、歇一歇。我着急呀，你们还小，今后的路还长着呢。所以，我看着你们早读、晚自习，督促你们锻炼。有时其他老师上课，我还站在教室后门口听你们上课。我也舍不得你们的爸爸妈妈，他们真不容易呀。好多同学的父母都是面朝黄土背朝天的农民，把你们培养成人不易呀。你们的爸爸妈妈现在照应不到你们，我不能让他们担心，我就要把你们照应好。我最怕天气突然变化，怕你们淋雨，怕你们受凉。因为，我也是一位母亲呀。我很高兴的是，你们都很上进，同学之间都很团结，在校期间，没有让我担更多的心事；毕业后各奔东西，二十多年了，你们还常聚会，这实在难得。这是同学情、兄妹情呀。

　　两眼通红的徐班长说，28 年前，钱老师曾经为我们哭过，我们不知道；28 年后的今天，钱老师又为我们哭了，我们知道。28 年前，钱老师让我们明白了一个道理：做人一定要真诚再真诚，做事一定要踏实再踏实，做学问一定要谦虚再谦虚。今天，我们又好像回到 28 年前，再次坐在教室里，再次聆听钱老师的教诲。日月如梭，物转星移，往事如风，28 年过去了，一切都如过眼云烟在我们的心里渐渐淡去了,一切又好像都没变。变化的是我们不再年轻的容颜,不变的是我们依旧年轻的情怀!老师,是我们生命中一道永恒的风景;老师,是我们心中永远的牵挂。我们永远不会忘记老师,今生今世,念念不忘。

这是一篇动人的文章。

同学聚会上,通过王班长、蔡胖胖等人的深情讲述,让我们得以重温钱老师当年与同学们朝夕相处的故事。钱老师对学生在学习上不留情面的严格要求,和在生活中无微不至的关心照顾,表明了她不但是一位尽职尽责的好老师,更像是一位细致周到的慈母!

而更加令人感动的是,当同学们提起这些往事时,钱老师已经都不记得了,她只记得学生们当年离家求学的不容易,记得自己曾经为他们悄悄地流下眼泪,记得自己的职责就是要把他们照顾好!看来,钱老师的确是在以一颗慈母之心来体贴和关爱学生们,因而,她才会把自己所有的付出都看做是理所应当!

28年后,钱老师又哭了,这次她流下的,应该是幸福和欣慰的眼泪。因为,她的学生们,没有辜负她的教诲,没有忘记她的恩情。

(田　野)

　　萧老师走了,她的话却留在了我的心里。我的心情顿时开朗了,觉得自己领悟了许多许多……

老师的高跟鞋

◆刘文霞

有病在家休息好几天了,又赶上淅淅沥沥阴雨连绵,我的心情一如这阴晦的天气一般,变得灰暗阴沉起来。

忽然,一阵"喀、喀、喀"的声音由远而近穿过雨声飘进来,我禁不住倚窗而望。原来是一个女子向我家这边走过来,手上撑着一把花布雨伞,正遮在她的头上,她脚下的高跟鞋发出清脆的有节奏的声响。那是一个标准的 1.65 米的苗条身材,长筒袜、淑女裙,尤其是那双红色的高跟皮鞋,更使她的身段挺拔出美丽的弧线,显得高雅不俗而又靓丽潇洒。我油然而生爱怜之心,甚至竟然暗中有丝丝的嫉妒了。

"喀喀"声停在我家楼下了,待她合起伞来我仔细看时,却呆住了——这不是我们的萧老师吗?她许是来看我的吧?⋯⋯原来我们萧老师竟然是如此漂亮的一个大美女!可我们还从来不曾见她这样青春过呢!

走进屋来,萧老师说:"小霞好几天没有到学校了,我今天休息,串了个亲戚,顺便来看看小霞好点没有。"

我让老师坐下,爸妈洗了水果待客。

寒暄之后,我说:"老师,刚才您在外边走过来时,我还真没看出是您来。很漂亮的,我都不认识您了⋯⋯哎,怎么平时就不见您这样的打扮?"

"你是说我平时在学校为什么不穿高跟鞋吧?"

"嗯,我们从来就没见您穿过。"

"刚参加工作时,穿过一年。后来在学校我就不穿了,只是在假期或有个什么走动才穿穿⋯⋯其实,我还是非常喜欢穿的,那种感觉让人很舒服。"

"您今天的样子简直就是一个高贵的公主,可您为什么⋯⋯"

"看你说的,没有那么夸张!"萧老师打断我说,"我不穿高跟鞋完全是为了同学们。我毕业回来时,带的是你们的上一届学生。那时,我刚刚告别潇洒浪漫的大学生活,当了一名中学老师,热情很高,一心希望用自己所学到的知识,用自己的爱心哺育祖国的花朵,描绘这片天空⋯⋯女人天生爱美,又正是青春年华,每天高跟鞋、长筒袜、淑女裙,所到之处,引来一片赞叹的目光。在课堂上也经常能看到学生们在背后指指点点的情况。班里的男生们当面夸我漂亮,女生们也讲究起穿衣打扮来了。我当时还真有点沾沾自喜,飘飘然了⋯⋯

"后来一次期末考试时,我在教室里踱步巡视。一个学生搬过一个凳子请我坐下歇一会儿,说是怕累着我了。其实,从他的眼睛里可以看出来,他并不是怕我累着,而是嫌我的高跟鞋发出的声音影响他们答卷,是不好意思直说罢了。我又想到平时讲完课，经常在下边走来走去的情景……

"那次班长跟我说，萧老师，您的脚步声真像一首优美的歌，'喀哒喀哒'的，听了叫人心醉。只要这歌声远远传来，我们准知道是'老班大人驾到'，于是全班同学立刻'全副武装'进入'战备状态'。我听了真不知道是夸我还是贬我。

"还有一次我去查晚作息，听见男生宿舍有个同学正在讲'老班三步曲'的典故。什么'一步华章奏响'，'二步百米飘香'，'三步闪亮登场'。有个同学还说又出了什么'新三步曲'。我哭笑不得，只大声喊道，快睡吧！别瞎扯了！扭头就走了。

"从那以后，我决心在学校上班时间不再穿高跟鞋、长筒袜和淑女裙了。虽然我非常喜欢，虽然这些曾经给我带来美丽和骄傲，可是，我不能因此影响我的学生们，不能让他们潜移默化地只追求一种外在的美丽，只追求一种哗众取宠的虚荣。我要让他们懂得什么是真正的美，什么是真正有意义、有价值的追求……"

萧老师走了，她的话却留在了我的心里。我的心情顿时开朗了，觉得自己领悟了许多许多……

感恩提示

女人天生爱美，更何况正当青春年华？可是，为了让同学们在课堂上不被高跟鞋的"喀喀"声所打扰，也为了打消同学们追求外表美丽、哗众取宠的虚荣心，让他们懂得什么是真正的美，什么是真正有意义、有价值的追求，青春靓丽的萧老师在学校上班时间，决心不再穿高跟鞋、长筒袜和淑女裙……如果不是"我"无意中探究到这个秘密，有谁会读懂萧老师的良苦用心呢？

与其他写老师的文章不同，《老师的高跟鞋》选取的角度很独特，文章通过对"萧老师不穿高跟鞋"这样一个生活细节的描述，展现了萧老师对同学们学习和成长的关爱，从侧面反映出萧老师是一位负责的、无私的、值得尊敬的好老师。

不穿高跟鞋的萧老师，依然是美丽的，因为她有一颗美丽的心灵！（田　野）

谈及往事,他说那天是他人生的转折点,那掌声使他发现了自己的价值,让他拥有了自信,燃起了学习的希望之火。

粉笔盒里的"特殊奖品"

◆王道明

人们常说:"只要是金子,迟早会发光。"可有件事教育了我,使我懂得:有时候,沙子也会发光的。

那是多年以前一个早自习。我走进教室,发现闲聊声与读书声混杂在一起,心情极为不快。为了引起学生的注意,我故意在教室里转了一圈。他们依然如故,对我这个只有一年教龄的老师熟视无睹。看到他们没精打采的样子,我只好让他们停下来,教室立刻安静了。我有点儿激动,说:"谁要是能在 15 分钟之内背熟《威尼斯的小艇》,我就奖励他。"

"奖励?什么奖励?"学生们睁大眼睛好奇地问。

"保密。"我像一休那样挤了下左眼,咧嘴一笑,"如果背不熟,是要受到惩罚的。男生得学女生跳天鹅舞,女生得学男生扮鬼脸。"

一石激起千层浪,学生们顿时来了兴趣。

"行,没问题。"他们很自信。

之后,再也听不到嘈杂声了,学生们个个双手捧书,聚精会神地诵读。琅琅的读书声穿过窗户飘进校园,在操场上轻轻地回荡。

时间到了,学生们举起了手,密密麻麻的。该叫谁呢?我正盘算着,却发现坐在教室后排角落里的吴鹏,他耷拉着脑袋,和以前一样对学习总是提不起兴趣。我又扫视全班,只有他一人没举手。一种恨铁不成钢的心态使我很生气。

"我们请吴鹏同学上讲台背诵。"出于奚落他的目的,我故意叫他起来。

"哇噻！有好戏看了。嘻嘻……"班里好几个学生发出了嘲笑声。

吴鹏没有动。

"上呀！没事！"好心的李小燕转过身给吴鹏打气。

"上呀！上吧！"又有好几个同学在鼓励。

吴鹏终于被同学们连拉带推地上了讲台。"威尼斯是一座水上城市……仿佛田沟里的水蛇……"他磕磕绊绊，连滚带爬终于背完了。

"跳舞！跳舞！10！9！8……2！1！开始！"调皮的男生跺着脚，用手指着他，叫喊着，为他倒计时。他的脸变得苍白，低头用手搓衣襟，默不作声。正当我准备苦口婆心地"教育"他时，班长柳歌发言了："在吴鹏跳舞之前，我有个问题想问大家，一个人每次都考80分的同学，这次只考了82分，而另一个人每次都考40分的同学，这次却考了60分。谁的进步大呢？"

"当然是后者。"

"对了，吴鹏就是这样的后者。这次，他的进步最大，我认为应当奖励，而不应该惩罚。"

"应当奖励。"

"应当奖励。"

……

学生们显然都同意了柳歌的建议。"老师，快拿奖品呀！"学生们有些着急。我哪有什么奖品？刚才是有些激动，想激起学生们的读书热情，可他们却很认真。我撒谎说奖品在办公室，就离开了教室。我翻遍了柜子和所有的抽屉，既没发现课外书，也没发现多余的钢笔。突然我发现了一只装粉笔的空盒子，我马上想到了奖品。匆匆地做好奖品把它放进去，为了制造点儿神秘气氛，还特意在盒子外边包了一层红纸。

我拿着盒子走进教室，学生们议论纷纷。我左手握盒，右手轻轻打开红纸，揭开盒盖。学生们目不转睛地望着，等待着神秘之物的出现。当我把用毛笔写着"掌声"的红纸举起后，学生们先是一愣，随后教室里便爆发了雷鸣般的掌声，久久不息。

吴鹏的脸红到了耳根儿。他抬起了头，泪水夺眶而出……

几年后的一个下午，吴鹏到我家来做客。他告诉我，过几天他就要到××大学土木工程系报到了。谈及往事，他说那天是他人生的转折点，那掌声使他发现了自己的价值,让他拥有了自信,燃起了学习的希望之火。

这件事同样也教育了我,使我不再鄙视差生,使我学会了在缺点中找到优点。所谓"差生"就像河中的沙子,它没发光,是因为我们不具慧眼,没有发现它的闪光点。作为教师,要发现学生的闪光点,用心雕琢、打磨,使他的亮点越来越多,暗点越来越少。最后你会惊奇地发现,裹着污泥的沙子竟是一粒金沙。

上帝希望我们能够学会好好做人,学会感恩,希望我们能够活得快乐,于是赐予我们一份特殊礼物——老师。

吴鹏收到了这一份"特殊的礼物",他的老师帮他找回自信,让他发现了自己的价值,这使吴鹏一改以前吊儿郎当的个性,认真学习,最后终于考上了理想的大学。我们不也收到了一份这样的礼物吗?可以这么说,他们是我们华丽乐章里最重要的前奏,是上帝馈赠给我们的珍贵礼物。

额角多了一条皱纹,眼角多了几条血丝,但老师不在意,因为学生的进步让他们欣慰。他们关心成绩好的学生,但更加关心那些后进生。课后,督促他们完成作业、做练习,一心为了后进生的成绩能跟上,一心为了他们能拥有童年的快乐。我们的老师从来不图回报,他们只希望我们能够好好做人,实现自身的价值,为社会作出应有的贡献。在我们成功时,不忘老师欣慰的微笑;在我们遇到挫折时,不忘老师的真诚鼓励;在我们做错事时,不忘老师的谆谆教诲。

滴水之恩,当涌泉相报。永远珍惜这一份人生的"特殊礼物",永远感恩我们的老师。这便是我们对珍贵礼物的最好呵护。

(王洋子)

忽然，一条爆炸性新闻传遍了全村——在全公社小学升初中的
会考中，我考了个第一。

老师，您的"失误"成就了我

◆张金传

　　送走了乡亲，我返回校园。再一次漫步在走过无数次的林荫小路上，思绪飞回了童年，回想起一件件往事……老师，没有您的那次失误，没有您的那些鼓励，我能成为村里第一个走出大山的中专生吗？老师，没有您的言传身教，没有您的深刻影响，我能登上这神圣的三尺讲台吗？

　　至今我还清楚地记得，那是一个闷热的夏天，已经好多天没刮过一丝风了，空气就像凝固了一样，人就是躲在树荫下，浑身上下还是不停地往外冒汗。地里的庄稼活已经干得差不多了，吃过晚饭的人们又像往常一样，三三两两地来到了生产队的大院。大人们谈论着庄稼、谈论着牲畜、谈论着天气；孩子们追逐着、打闹着、欢笑着，全然不顾汗水早已湿透了衣裳。忽然，一条爆炸性新闻传遍了全村——在全公社小学升初中的会考中，我考了第一名。这个消息是村里的代课教师从公社带回来的，这在我们那几乎与世隔绝的小山村里，真不亚于投下了一颗原子弹。当天晚上，道喜的乡亲们络绎不绝，挤了我家满满一屋子。那段日子里，我觉得自己好像是中了状元，浑身上下总有使不完的劲。也就是从那天开始，从不关心我学习成绩的父母对我的学习产生了兴趣，有事没事总是嘱咐我要好好学习。

　　那个夏天过后，我进了中学才知道，我的成绩只是我们村里的第一名。那天是老师给搞错了。在她眼里，我是最优秀的学生，应该有不错的成绩，所以一改完试卷，她就急切地向人们询问我的成绩。别人告诉她我考了第一名，她就把我这个村里的第一名当成了全公社的第一名。

在我知道了自己的准确成绩后的一天,老师找到了我。她满怀期望地告诉我,说我是这批学生中最优秀的,只是村里的教学设备太陈旧,老师的教学水平很有限,还没把我所有潜能发挥出来。她相信,到了中学,大家站到了同一起跑线上,只要肯努力,我一定会取得第一名。听到老师的话后,我流下了激动的泪水。其实,不是老师的水平有限,而是我有时不争气。为了让我们更好地学习,老师不辞辛苦,自己动手制作教具;在寒冷的冬天,老师总是早早地来到学校点火炉子,等我们进入教室的时候,屋子里早就暖暖和和的了。那天,伴随着那不争气的泪水,我暗暗地告诫自己,一定要好好学习,只有取得第一名才能对得起老师的期望。从那以后,我为了心中的目标而努力学习,各科成绩始终名列前茅;初中毕业后,我以优异的成绩考上了中专学校。

回想起教过自己的老师,给我影响最大的,就是这位小学教师。她只当过三年代课教师,现在离开教师岗位已经二十多年了。但是,在我的心目中,她永远是我的老师,她的名字叫张秀芬,我将永远铭记。

老师的一次失误——把"我"这个村里的第一名当成了全公社的第一名,而就是这次偶然的"失误"成就了"我"的未来。为什么?因为"失误"的背后隐含着老师对"我"的期望和鼓励。

其实,每位学生都是老师心目中的"第一名",他们对我们都抱着最高的期望,他们将无形的期望化为具体可感的行动,为我们的奔跑鼓劲。寒冷的冬天,当我们蜷缩着身体的时候,他们却在哆嗦着给我们讲解课文;炎热的夏天,当我们享受着一丝丝凉意的时候,他们却在讲坛上汗流浃背地挥舞着粉笔;寂静的深夜,当我们沉浸在梦乡的时候,他们却在灯下的作业堆里奋战。这就是老师的默默付出,这就是老师在点滴中成就学生的未来。

作为学生,当明白老师的良苦用心之后,是不是应该做些什么呢?

树且有根,人更不能忘本。人生所学,很多都源于学校,源于老师。老师赐予我们的是谋生的原始积累,是火箭发射的最初燃料,是这燃料让我们有了飞翔的机会,是这燃料把我们引入正轨,是这燃料给我们继续运行的可能。饮水思源,感恩老师。

(谭开胜)

以后，每当不愉快时，我就问自己："你看到了什么？"那温暖的话语就又流淌在心中，驱散阴霾。

改变命运的照片

◆蓝色的麦苗

谁也不会知道，是一张照片改变了我的命运。

那是一张什么样的照片呢，湖水中倒映的楼群，严重的对焦不准，画面模糊，色彩黯淡，是一张极其普通的失败之作。

那时我上初中，正参加学校的摄影兴趣小组。我没有自己的相机，当第一次端起对我来说万分神奇的机器时，我像捧着一件宝贝，战战兢兢地按下了快门，思维和呼吸几乎一起停止，自然忘记了对焦。当时，我也根本没弄明白焦距的原理。

那时，自卑感正牢牢地困扰着我：我性格孤僻，从不和别人交往，也没有人对我微笑。每天在座位上埋头静坐时，耳朵就会敏感地搜索旁边的动静。生活像黑洞，我摸不到我的人生扶手。

父母在为家庭的温饱而奔忙，当家庭的担子过于沉重，几乎拖垮了所有美妙的梦想后，他们没有更多的精力和好脾气去爱护一个孩子渴望温情的脆弱心灵。封闭自己，是本能的自我保护手段。

我喜欢唱歌，嗓子也不错，却只能看着身边的同学一个个站在合唱的队伍中，穿着漂亮的服装。对那位第一个发现我小小天赋的老师，却违心而本能地拒绝了。我也喜欢舞蹈，却只能独自在黑暗中让躯体的舞动诉说心中的郁结。许多的梦想，只能藏在心中被逐个挤破，我也失去了说话的勇气和力量。

这一切，就是因为生活的艰辛和由此而生的如存储炸药包的地窖一般的

家,它驱使着我和同学间暗自比较,那种悬殊的差距让我抬不起头,也拉开了我和他们的距离。

只有摄影小组,不用交钱就可以参加。这个消息激起了我潜藏在心中的冲动,我偷偷地去看了报名表,没有同班同学。我放心地报了名。

老师是一名摄影记者,至今不知道他为什么分文不收地跑来办这个班。

我依旧是躲在角落,大脑里似乎有一扇黑铁门,锁得牢牢的,抗拒着老师的声音。那声音十分温暖,却让我充满矛盾地想躲开。我头也不敢抬起,生怕和老师的目光相遇。

摄影班的最后一课是实地采风,我和另外两个没有相机的同学合用老师的相机,但我始终没有勇气从同学手中要过相机,直到他们兴高采烈地拍到只剩下最后一张胶片时才想到我,才有了我紧张中的那件"作品"。

照片洗出来了,老师办了一个小展览,我那张失败的习作被贴在正中,仔细地镶了边,还配上了老师的题名"安得广厦千万间"。

我激动、疑惑而又不安地缩在一角,听老师告诉所有人:这是最好的作品。

老师是有名的摄影记者,他的话没有人质疑,不断有人向我点头微笑,其中还有任课的老师,还有人特意去看照片下我的名字。

惊慌、欣喜、惭愧……各种感觉在心中交错,竟让我想大哭一场。

老师拉起我冰凉的手,把我牵到正中显眼的位置。他的手很温暖,让我逐渐镇定下来。掌声响起,我脑子里空荡荡的,不知道发生了什么。

人渐渐散去了,我抬头迎着老师亲切的目光,一下子哭了,仿佛要让泪水冲刷掉所有的委屈。他看着我,静静地等着。

泪水止住了,我还在抽泣。老师把我带到照片前问:"知道为什么把它挂在这里吗?"

"我就拍了这一张。"

"不。"老师斩钉截铁地否定了。我疑惑地抬起了头。老师诚恳地看着我说:"你自己觉得它怎么样?"

"不好,我不会。"

"不,"老师又否定道,"我觉得它很好,真的,我没有骗你。"

"你先说说为什么觉得它不好?"老师接着又问我。

我回答说:"因为别人都拍得很清楚。"

老师笑了："你错了，这是摄影，是艺术，不是照相，照相只要把景物拍清晰就好了，艺术却是要抒发自己感情的，每个人的情感不一样，表现出来的就不一样。"

老师顿了顿，又问道："看看自己的作品，你看到了什么？"

我愣住了，说："一张照片。"

"可我却没有看见照片，我看见了一幅艺术品。"

"为什么？"

"照片要如实记录所拍对象，艺术品却讲究内涵。你看，这楼群倒映在湖面上，多美啊，微风吹动，波光涟漪，倒影就模糊了，如果你清晰地拍下这些，就是一张很好的照片，但是你看，你的作品，整个画面都是摇曳荡漾的，给人一种忧郁的梦幻般的感觉。"

老师悠悠的语调饱含感情，连我都有些陶醉入神了。

"我很喜欢你的作品，因为它能让我看见更深远的东西；而且，它也让我很受启发，我明白了一点，艺术没有参照标准，只要在完成之后你觉得胸口积压的感情得到了疏通，自己心旷神怡，对你来说，就是成功的，我得谢谢你。记住，艺术家和工匠是根本不同的。还有，能把它送给我做个纪念吗？"

忘记自己是怎么回答的了。总之，那张照片被老师带走了。

从那以后，我像脱胎换骨了一样，眼前的一切焕然一新。

当一个人的心理状况发生翻天覆地的改变后，他的世界也就彻底不同了。

我日渐开朗，不再形单影只郁郁寡欢，成绩也逐渐上升，精力令人吃惊的好，课堂上再也见不到我昏昏欲睡的样子。我成了好学生，后来，考到了另一所高中。

在新环境里，我彻底告别了那一段心理阴暗的日子。

以后，每当不愉快时，我就问自己："你看到了什么？"那温暖的话语就又流淌在心中，驱散阴霾。

如今，我也早就知晓：那的确是一张失败之作，老师更比我知道这一点，所以，他带走了照片，把他用赞美之辞描述的美丽世界留给了我——一个正找不到生活意义、没有自信、不敢沐浴阳光、心理处于危险边际、自闭孤僻的女孩。

我想，这是我要一辈子感激的。

"那是一张怎样的照片啊,湖水倒映着楼群,严重的对焦不准,画面模糊,色彩暗淡,是一张极其普通的失败之作。"然而正是这张不起眼的照片改变了"我"的命运,使"我"从一个性格孤僻、木讷寡言、不善于与人交往的女孩中脱胎而出,成了一个崭新的自我。这一切的改变都因为老师对"我"的鼓励、信任与关爱。

的确,鼓励是温暖的阳光,而我们是正在成长的多愁善感的小树,我们渴望光明如同飞蛾渴望光明一般,我们常会因为老师的一个微笑而高兴得活蹦乱跳,甚至会因此而改变我们一生的命运。鼓励的作用是无穷的。在你跌倒时,将你扶起;在你灰心时,点燃你的希望之火;在你迷茫时,为你拨开云雾。然而,鼓励也是简单的,有时只是一瞥赞许的目光,有时只是一句热情中肯的话语,也有时只是抚一下头、拍一下肩、鼓一次掌。不管怎样,鼓励使我们身披温暖的阳光而茁壮成长。

很多时候,老师的话语就像一缕缕温暖的阳光,照亮我们阴冷潮湿的心,融化我们心中的那块冰,驱除我们多年的阴霾。　　　　　　(容秀眉)

我们不难得出,激励学生用功学习,方法可谓多种多样。但在关键的时候"放一马",让学生知道心存感激和被肯定的自信,这却是一种心灵的激励。

老师的胜利

◆[美]艾尔·约翰逊

有个名叫卡莉·韦斯特的女生,使我取得了一项大胜利。我第一天授课时,曾在班上宣布:"我只有一条规则——尊重你自己和教室里所有其他的人。"

后来,卡莉突然莫名其妙地有了一种"不好的行为"。我讲话的时候,她的呵欠总是历时长久又动作夸张,还具有感染力,会使许多别的学生也都打起呵欠来。

卡莉每打完一个呵欠,都会露出可爱的笑容,并且装作很诚恳地道歉。当然,我和她都知道她一点儿也无歉意,这显然是对教师的考验。

经过慎重考虑,我写了封短信给卡莉的父母韦斯特夫妇,告诉他们说,我对于有卡莉这样的孩子在我班上,感到非常高兴,因为她聪明伶俐,风趣可爱,而且成绩不错,总平均是乙。我没有封信封口,第二天,卡莉第一次打呵欠之后,我就把信递给了她,请她交给父母。她当然偷看了,这是卡莉最后一次在教室里打呵欠。

到了下星期一,她走到我的讲台前,"强森小姐,谢谢你那封信。"她说,"我母亲把它贴在了冰箱上让大家看。在我家,那里就是光荣榜。不过我父亲不相信我在你教的那科能拿到乙。"

"我看不出为什么不能。"我回答说,"你很聪明,总是最先交作业。"

"不错,"卡莉说,"但是我从未得过甲。"

"那是因为你总是不把作业做完。如果你把作业做完,你会得甲的。"

"可是我的测验成绩也从未得过甲。"卡莉说时,低头瞧着她的笔记本,"我总是拿丙。"

"你是否从来不温习?"

"是的。"

"我敢打赌,要是你肯用功温习,就会拿甲。"我用手指轻敲她的笔记本,直到她抬起头来看着我,"我是说真的。"

"你确实认为我很风趣?"她问。

"是的。"我点头说。

下一次考试时,卡莉拿到了乙上。到了年底,她英文的成绩进步到了甲。

这个成就令我很受鼓舞,我决定给每一个学生写信。我分三批写。第一批写给"坏"学生,因为我认为他们最需要鼓励。有时候我要想很久才能想到好话,但是我从不说假话。我在每一封信里都说,由于这孩子品性纯良、彬彬有礼、善于与人相处,我对于有他在我班上,感到很开心。

我的功夫并没有白费，只有少数学生依然故我，大部分都已改变了以往的不足。杰森不再是个贫嘴的小鬼，他已成为一个"聪明机智的年轻人"，班上举行讲座时，他的言论常常能够提供一点儿人人欢迎的风趣。雪莉是个成绩只勉强及格的学生，但是她"总是把头抬得高高的，充满自信，觉得自己是个衣着不俗而举止娴雅的少女"。

给"模范学生"的信很容易写。我赞扬他们字写得好，不缺课，测验分数高。而且我也没有忘记称赞他们的行为和性情，因为孩子对这些比对学业荣誉重视得多。

我开始写第三批信给那些既不特别好，也不特别坏的"中间"学生时，骇然发觉自己对他们之中的一部分人竟然毫无印象。然后，我惊悟为什么会有那么多好孩子竟在我这儿会受到遗忘。他们说话不粗声粗气、举止比较斯文、性格不偏激；他们不惹是生非，也不喜欢出风头。他们在莘莘学子中默默无闻，而他们之所以会这样，往往是出于自愿，但有时则是由于被别人比了下去。

最后一批我写得特别小心，花了许多时间。我把它们分发给学生时，双眼一直看着他们的脸，直至看到他们也对我回看，才把视线移开。

给每个学生都写完信之后，我感觉到学生渐渐对我都亲密起来，那种感受美妙极了。我发觉教室里的气氛也已改变，那些学生也真正相信我对他们每个人都有了认识，对我不再采取对立的态度了，我们互相尊重。

感恩提示

我深深地被这位充满智慧的女教师触动了，触动我的不仅仅是这位女教师对工作的敬业，还有她在教育学生时与众不同的思维方式。

从文中我们可以看出，这位女教师之所以会取得胜利主要是由于她班上的一位女同学的一种"不好的行为"违反了她第一天授课所宣布的一条原则——尊重你自己和教室里所有其他的人，因此她决定用书信的形式来激励她的学生，告诉他们，老师因为他们的存在而感到十分高兴。简单而温暖的举动使那位女同学的英文成绩在年底进步到了甲，并且赢得了班上学生的信任。除此之外，文章还提到了"最后一批我写得特别小心"是因为女教师发觉自己对他们之中的一部分竟然毫无印象，从现实中不难发现，每个人都希望自己所做的每一件事情得到其他人的肯定，哪怕是简简单单的一句话，作为一名学生，当然是希望得到老师的肯定。

我们不难得出，激励学生用功学习，方法可谓多种多样。但在关键的时候"放一马"，让学生知道心存感激和被肯定的自信，这却是一种心灵的激励。

（黎运通）

哲学老师说，一个人生得不漂亮可以怨天怨地怨造化捉弄人，但一个人活得不漂亮，却不可以怨任何人。

长得漂亮不如活得漂亮

◆月　月

上中专时，我们的班主任老师长得很丑：一半脸儿白一半脸儿黑。可是，就是这样一位其貌不扬的教书先生，却有一位很漂亮的太太。这让我们大跌眼镜，也让我们对他们夫妻的结合怀有浓厚的兴趣。年终岁末，班里组织一年一度的联欢晚会。在联欢会上，我们就问起老师的恋爱经历，希望他能毫无保留地向我们"坦白"。

班主任一听笑了，说："我一生下来脸部就有很明显的胎记，而且随着年龄的增长胎记也随之长大，为此，我很伤心，一直对自己缺乏信心，对生活也没有多少热情，唯一能让我欣慰的就是自己的学习成绩还算过得去。就这样，一直到上了大学。大学的生活虽然丰富多彩，但我还是提不起精神。有一天，我的哲学老师找我谈话：'你是怎么回事，哪里还像一个年轻人的样子？'哲学老师说，'一个人生得不漂亮可以怨天怨地怨造化捉弄人，但一个人活得不漂亮，却不可以怨任何人。'"

"哲学老师的当头棒喝，让我如醍醐灌顶，顿开茅塞。从此以后，我仿佛变

了一个人,一扫以往的自卑与忧郁,不但心里充满了阳光,眼角眉梢都洋溢着笑容。除了刻苦学习外,学校所有的活动我都积极参与。几年下来,我不但以优异的成绩令同学们刮目相看,更以自己雄辩的口才,独特的个性,满脸的阳光赢得了'最有魅力的大学生'的称号。而很自然地,我也赢得了一位美丽女生的芳心。"

"妻子是我一生的最爱!"班主任所说的这句话获得满堂彩。最后,班主任深情地说:"一直以来,我都很感激我的哲学老师。因为是他告诉我,一个人可以生得不漂亮,但是一定要活得漂亮。无论什么时候,渊博的知识、良好的修养、文明的举止、优雅的谈吐、博大的胸怀,以及一颗充满爱的心灵,一定可以让一个人活得足够漂亮,哪怕你本身长得并不漂亮。"

感恩提示

有一种感情,清纯如水,洗涤着我们萌动的心灵;有一种感情,香醇如酒,让我们一饮即醉;有一种感情,淡雅如百合,无论是天涯还是咫尺,其清香总在我们的心间萦绕。

那就是老师的恩情!老师,在我们的一生中演绎着无可替代的角色。从充满童稚的幼儿园,到情怀涌动的大校园,从浅薄的门外汉,到博学的专才,老师始终陪伴在我们身边。老师把一生的爱都倾注在学生的身上,将他们的学识一点点输送给学生,用他们的阅历去感动、丰富学生的人生。老师,何其无私,何其伟大。

老师的恩情,比山高,似海深。千言万语怎能道尽我们的感激?诗词歌赋怎能颂尽我们的赞美?我们唯有捧着一颗感恩的心,祝福老师一生幸福,桃李芬芳;我们唯有面带微笑,说出心灵深处的话语:"天涯海角有尽处,唯有师恩无穷期。"

(陈俏菲)

打开皮夹,他小心抽出显然是马克随身携带的,曾经打开折合过许多次的两张笔记本纸。我一眼就认出是全班同学列出的马克的优点单。

优 点 单

◆[美]海伦·莫尔斯拉   曾国平 / 译

一

那时候我在缅因州莫里斯的圣马利学校,他在我教的三年级(1)班。34 个学生都喜欢我,而马克·埃克隆尤其突出。他外表整洁,生性快乐,偶尔淘气也显得逗人。

但马克爱讲小话。我一次又一次提醒他,上课不经允许而讲话是不能容忍的。给我深刻印象的是,每当我批评他不良举止时他所做出的反应——"谢谢您纠正我,小姐!"尽管他说得诚恳,但第一次听见时我还真不知怎么好。但不久也习惯了,一天听他这么说好多次。

一天上午,马克讲得太多了,我克制不住,犯了一个见习教师式的错误。我正视马克:"如果你再讲一句话,我就把你的嘴封起来!"

刚过了不到 10 秒钟,查克脱口告发:"马克又讲话了。"我并没有要学生帮我监督马克,可因为我当着全班陈述过我的惩罚,我不得不付诸行动。

当时的情景我没忘,如同发生在今天早上。我走到我的桌旁,从容拉开抽屉,拿出一卷胶纸带。没说一句话,走到马克课桌旁,撕下两条胶纸带,在他嘴巴上贴出一个大大的"×",然后返回教室前面。

我瞥一眼马克,看他怎样反应,他朝我直眨巴眼睛,就这样,我笑开了,全

班喝彩。我又走到马克身边，揭掉胶纸，并耸耸双肩。他说的第一句话就是："谢谢您制止我，小姐。"

这年年底，学校要我改教初中数学。日月如梭，马克不知不觉又坐进我的教室了。他比以前更标致，也更礼貌了。由于他得认真听我讲解《新概念数学》，九年级时讲小话没有三年级时多了。

一个星期五，课堂感觉不轻松，因为整个星期都在为一个新概念而吃紧，学生们有些灰心——每一步都进展缓慢。我得赶快设法消除这种急躁情绪。于是我要他们用两张纸，写下其他同学的名字，每个名字后面留出空白，空白里列出这个同学的全部优点。

这堂课的剩余时间就完成这一任务，每个同学离开教室时，都交给我各自对全班同学的最好评语。马克说："谢谢您的课，小姐。周末愉快。"

那个星期六，我用 34 份纸，分别写下每个学生的名字，然后在每个名字后面抄下其他人写的这个学生的优点。星期一再把这些优点单发给他们，有些评语多达两张纸。不一会儿，整个教室笑开了。"真的？"我听到窃窃私语，"我可没料到这会对谁有什么意义！"

"没想到有人会这么喜欢我！"

此后，没人再在课堂里提及这事，我也不知道他们下课后互相之间、或在跟父母在一起时讨论过没有，不过这也没什么大不了的。演习达到了它的目的，学生们都恢复了信心。

二

那一批学生继续深造。若干年后，我一次度假回来，父母到机场接我，驱车回家，母亲照例问我一些旅行经历——关于气候，关于我的见闻感受。谈话短暂停顿。母亲斜眼扫一眼父亲，提醒什么似的说："老头子？"父亲清清嗓子，每当讲出什么重要事情前他总是这样。"昨晚埃克隆家打来电话了。"他开口说。

"是吗？"我说，"好些年没听到他们的消息了，不知马克如今怎样。"

父亲平静地回答："马克在越南死了，明天举行葬礼，他的父母希望你能出席。"直到今天，我仍能指出父亲在 1—494 公路上宣布马克噩耗时的确切地方。

我还从未看见军人躺在军用棺材里,马克看上去很帅很成熟。当时我一门心思地想:"马克,只要你开口对我说话,我可以销毁全世界的胶纸带。"

教堂里挤满了马克的朋友,查克的妹妹唱《共和国之战圣歌》。葬礼的日子里怎么下雨啦?坟场边泥泞难行。牧师念了祷文,号手放了录音。爱戴马克的人们一个一个绕灵柩走一圈,洒圣水。

我最后一个在墓前画十字,肃立致哀。战士们中抬棺的一位走到我跟前,"您是马克的数学老师吧?"他问。我点头,眼睛没有离开灵柩。"马克讲过您的许多事情。"他说。

葬礼之后,马克过去的大部分同学都去了查克的农场住处用中餐。马克的父亲母亲也在那里,显然都在等候我。

"我们要让您看一样东西,"马克父亲说,从口袋里掏出皮夹,"这是马克死时他们在他身上找到的,我们想,您认得它。"

打开皮夹,他小心抽出显然是马克随身携带的,曾经打开折合过许多次的两张笔记本纸。我一眼就认出是全班同学列出的马克的优点单。

"非常感谢您费过的这番苦心,"马克母亲说,"正如您看见的,马克视若珍宝。"

马克的同学们开始围上来。查克显得忸怩不安,笑着说:"我一直保存着我那一份,放在家里桌子最上层的抽屉里。"查克的妻子说:"查克要我把这个夹在结婚纪念册里。""我的也还留着。"玛里琳说。接着,另一位同学维基把手伸进提包,从皮夹里取出她那张全班同学赠言的优点单——它已经磨得缺损了。"我随时随地带着它,"维基眼睛一眨也不眨,"我想我们都保留着我们的优点单。"

我一下子跌坐下来,哭了,我哭马克,哭所有的朋友们再也看不到马克了。

读完故事,除了为马克的离去感到惋惜外,我还深深感悟到:每个人都有自己的优点,每个人都需要别人的肯定和认同。

也许"我"当年只是出于想消除学生们忧虑的原因,才让同学们相互把各自的优点列到纸上,做成"优点单",学生们在感到兴奋的同时也恢复了信心。

之后大家再也没有提起过这件事，可是"优点单事件"并没有随时间的流逝而被学生们淡忘。所有的人都把别人为自己写的"优点单"视若珍宝。显然，这些"优点单"发挥了"我"始料不及的作用。

想想我们的周围，给我们印象不好的很多人，是不是也有他们独特的优点呢？其实，用心观察，我们会发现身边的每一个人都有很多值得自己学习的地方。正所谓"尺有所短，寸有所长"。老师巧妙的赞美和温暖的鼓励，为孩子们灰色的人生指明了方向，让他们踏上了金色的轨迹。

在老师们那里，我们汲取了太多的恩泽，这些恩泽将永远留在我们的心里，我们应该把心中的感激化作更多的恩泽，带到别人的心田里，带到社会的每个角落。

（陈君滢）

她知道古老师有个习惯，他带毕业的学生都要保留一份名单，并通过多种方式，了解学生的行踪。

班主任的名单

◆李 玉

君子之交，相濡以沫，不若相忘于江湖……

经不住两位同学的劝说，我答应出面组织一次小学同学聚会。他俩认为我读小学时是班干部，长大后又成了国家干部，自然是有组织能力的。一切费用则全由他俩出，尽管二人都只读到小学毕业便未再读书，但是并不妨碍他们现在的发财，发了财的他们就很眼热别人搞"同学会"什么的，说是从中可以唤回学生时代的感觉，所以只能找小学的同学来感受一下那种氛围。

事情进展的并不顺利，我怎么也回忆不全小学全班54名同学的名字，连一半也记不起了，更无从谈起召集这些人。说起来时光不算特别久远，刚好20

年，但20年光阴足以把人变得面目全非。小学同学比中学或大学同学的变化都大，这恐怕也是小学同学聚会不易组织也没有多少人组织的原因，但换个角度看，这也许正是其魅力所在。童年多么美好，混沌未开，单纯得像张白纸，年少得不知忧愁，从童心未泯到成熟世故这里面该有多么大的反差，这种反差令人伤怀。读小学那阵适逢"文革"，即使如我所读的城市中较好的小学，学生的家境也普遍较穷，简直没法跟现在比，毕业时连照片都没有照过一张。长大后偶尔在本城也能遇见一些同学，或在公共汽车上邂逅，或在街上擦肩而过，有的尚能叫出名字，有的恐怕已是相见不相识了。

过了些时日，小学同学的聚会仍迟迟不能举行，欲做东的两位同学渐渐有些急了，催我快想办法。我安慰好二位后，极力拨开岁月的迷雾努力回忆出较多的同学来，但能回忆出的人并不多，不外乎是班上最调皮的，个子最高或最矮的，学习最好的，这些人往往能给人留下印象，而对于大多数仍然无法回忆。我找到我的同桌及其他想得起的几位，希望他们能慢慢回忆出更多的名字以及其行踪，然后如摘葡萄般类推出全班。岂知他们竟然也如我一样只能记得几个，继而也中断了线索，像唱着的一支歌，戛然而止。

回家对妻说起此事，妻说你为什么不去找你们班主任呢，我说并不是没有想过，但我们班主任古汉老师教了四十多年的书，从一年级到毕业也送走了七八个班的学生，桃李满天下，要叫他回忆出某个班全体同学的名字，对于一个七八十岁的老人几乎是不可能的事；况且，古老师在不在人世都很难说，前几年就病了，那回我还去看过一次，晚年的他同爱人住在距城30里的一所大学里，师母原在这所大学教古典文学。这些年我常为各种琐事所忙，再也没有去看古老师了。妻遂感叹，说现在的人哪，只与对己有利的人交往，谁会去看自己小学的老师呢，一介清贫的知识分子。我脸一红，没了言语，暗自决定到古老师那里去一趟，探望一下并顺便看能否找到同学的线索。

一个星期天，坐了一个多小时的车后，我到了古老师的家。得知古老师已去世半年了，我无言地坐了好久，看着古老师的遗像，想象着古老师上课时的情形。快离开时，我提到了同学聚会的事，师母说有一份名单的，还有各人的地址，并答应帮着找找。

一周后的一天早上，我刚到办公室，见桌上放了个大信封，是师母寄来的。撕开后我怔住了，全班54名同学的姓名被工工整整地抄在两页稿纸上，其中

大部分附有单位或住址。师母写道,我走后她便开始找并找到了这份古老师亲手写的名单,按说学校有个毕业生名册的,奈何那时在"文革"中根本保留不下。她知道古老师有个习惯,他带毕业的学生都要保留一份名单,并通过多种方式,了解学生的行踪。对名单,古老师每隔几年总要根据新情况修订一次。

放下师母的信,我忽然觉得人真像一粒种子,被命运之鸟衔来衔去不知会掉在哪里,但培育种子的人却对每一粒种子都倍加关心,细心呵护,总忘不了。

不久,小学的同学聚会终于举行。本城30多名同学几乎全到,已到外地的同学也特地赶回了8位。同学们见面大多必先惊异于对方的变化,问长问短的,但时间一长,便慢慢有了一种说不清的涩滞,气氛并不热烈,交谈五花八门,东拉西扯,无话找话,仿佛为了继续谈下去,或哈哈自嘲一番,或胡乱恭维,我发觉好多人都在虚与敷衍,只是为了不失礼仪而滔滔不绝,弄得人筋疲力尽。不少人在故作激动地寒暄了几句后便直奔时尚的主题!炒商品期货、炒房产、赚钱、情人。这些话题反而叫他们找到了不少共同点。没有人问到古老师,发现这一点后我感到寒心。吃饭的时候人群开始涌动起来,渐渐就形成了这次聚会的真正高潮,人们举杯相劝觥筹交错,大有"起坐而喧哗者,众宾欢也"的阵势,在热闹中我有些喘不过气来,便踱到窗口吸新鲜空气,我又想起了古老师,我揣摩着他整理学生名单时的心情,在他的弟子身上,他寄托了多少希望,倾注了多少热情。从古至今,学生总是老师生命得以延续的最好依托,随着岁月的流逝,古老师的学生们发生了多么大的变化。这些年大家走南闯北,历尽人间冷暖,大家都忘了谁是谁了,有多少人会想到自己的小学老师呢?岁月是人生最残酷的雕塑大师。

待我重回饭桌时大家忽然提到了我,说应由组织者、过去的老班长说几句。我说什么呢,我只是把这次同学聚会的组织经过讲了,提到古老师的名单的事。好一阵后,大家寂然无声,同学们似乎感到这是一个难忘的时刻,适才的欢乐气氛顿时变为少有的严肃与宁静,有的女同学竟然无法抑制一股突兀而来的激动,泪眼晶莹,有些同学流露出深深的内疚,于是便有同学建议下次同学聚会一定要邀上师母,到古老师的墓前去,这个建议得到大伙儿的热烈响应。

后来我给师母去了封信告诉此事,师母在回信中对此表示了深深的谢意,但对下次聚会的邀请则抱歉意,说自己身体欠安,就不参加了。师母在信中还给我书写了个条幅,是《庄子·天运》中的一段话:"泉涸,鱼相处于陆,相呴以湿,相濡以沫,不若相忘于江湖。"看着条幅,我再次想到了古老师,想起了古老师的名单,想起了名单上一个个鲜活的人影,感到了在逝水流年里的永无定势。我怅然万分。

从小学到事业有成,20年的漫长时光,可以让人忘记很多东西,也失去很多东西。但是古老师,这位培育了三千桃李的老园丁,即使在动乱的"文革"年代里,也工工整整地记录好每一位学生的资料,并且一直小心翼翼地保存着,定时更新。这正像文中所说,"人真像一粒种子,被命运之鸟衔来衔去不知会掉在哪里,但培育种子的人却对每一粒种子都倍加关心,细心呵护,总忘不了。"古老师就是那个尽心尽力地培育种子的人,而他的学生,在功名里沉浮,在人群里埋没,忘记了小学时候的纯真,忘记了爱过他们的人,甚至忘记了自己是谁,又怎么还想得起给过他们爱的老师呢?但古老师从来都不介意他的学生忘记了他,依然念念不忘那些散落天涯的学生。在苍凉的被遗忘的背后,是老师对他培育过的种子深深的牵挂和关注,即使相隔再长的时间,都不能阻断老师的惦念。

所以有空的时候,去看看以前教过你的老师吧,你偶尔的惦念,就能给老师带来无限的安慰;你用一点点的阳光,就能报答老师如山高如海深的温情。

(韩文亮)

愿"我不能"先生安息吧,也祝愿我们每一个人都能够振奋精神,勇往直前!

为"我不能"举行葬礼

◆[美]奇克·牧门　寒烟翠/译

唐娜是密歇根州一个小镇上的小学老师。

那天,我来到唐娜的班上听她讲课。这是个典型的小学教室。但是当我第一次走进去时,我就觉得有些不同寻常,空气中似乎蕴涵着一种莫名的兴奋。

我在教室后面的一个空位子上坐了下来,观察着教室里的一切。所有的学生都全神贯注地埋头在纸上写着什么,我看了看最靠近我的一个10岁左右的女孩,只见她正在纸上写着所有她"不能做到"的事情,诸如:我无法把球踢过第二道底线、我不会做3位数以上的除法、我不知道如何让黛比喜欢我等等。她已经写完了半张纸,但她却丝毫没有停下来的意思,仍旧很认真地继续写着。

我站起来,从后向前依次巡视着每个学生,他们都很认真地在纸上写了一些句子,述说着他们做不到的事情。

此时,我对这项活动已经产生了强烈的好奇心,我不知道唐娜老师这样做的目的究竟是什么,所以我决定去看看她在干什么。当我走近她的时候,发现她也正忙着在纸上写着她不能做的事情,像"我不知道如何才能让约翰的母亲来参加家长会"、"除了体罚之外,我不能耐心劝说艾伦"等等。

我真想不通为什么老师和学生一起这么过分专注于那些消极的事情,而不多想想积极向上的事情呢?就像"我能做"、"我能行"这方面的。

于是我满腹狐疑地回到后面的位子,坐下来继续观察。大约又过了10分钟,大部分学生已经写满了一整张纸,有的已经开始写第二页了。

"同学们，写完一张纸就行了，不要再写了。"这时，唐娜老师用她那习惯的语调宣布了这项活动的结束。学生们按照她的指示，把写满了他们认为自己做不到的事情的纸对折好，然后按顺序依次来到老师的讲台前，把纸投进一个空的鞋盒里。

等所有学生的纸都投完以后，唐娜老师把自己的纸也投了进去。然后，她把盒子盖上，夹在腋下，领着学生走出教室，沿着走廊向前走。我也紧紧地跟在后面。

走着走着，队伍停了下来。唐娜走进杂物室，找了一把铁锹。然后，她一只手拿着鞋盒，另一只手拿着铁锹，带着大家来到运动场最边远的角落里，开始挖起坑来。

学生们你一锹我一锹地轮流挖着，10分钟后，一个3英尺深的洞就挖好了。他们把盒子放进去，然后又用泥土把盒子完全覆盖上。这样，每个人的所有"不能做到"的事情都被深深地埋在了这个"墓穴"里，埋在了3英尺深的泥土下面。

这时，唐娜老师注视着围绕在这块小小的"墓地"周围的31个十多岁的孩子们，神情严肃地说："孩子们，现在请你们手拉着手，低下头，我们准备默哀。"

学生们很快地互相拉着手，在"墓地"周围围成了一个圆圈，然后都低下头来静静地等待着。

"朋友们，今天我很荣幸能够邀请到你们前来参加'我不能'先生的葬礼。"唐娜老师庄重地念着悼词，"'我不能'先生，您在世的时候，曾经与我们的生命朝夕相处，您影响着、改变着我们每一个人的生活，有时甚至比任何人对我们的影响都要深刻得多。您的名字几乎每天都要出现在各种场合，比如学校、市政府、议会，甚至是白宫。当然，这对于我们来说是非常不幸的。

"现在，我们已经把'我不能'先生您安葬在这里，并且为您立下了墓碑，刻上墓志铭。希望您能够安息。同时，我们更希望您的兄弟姊妹'我可以'、'我愿意'，还有'我立刻就去做'等能够继承您的事业。虽然他们不如您的名气大，没有您的影响力强，但是他们会对我们每一个人、对全世界产生更加积极的影响。

"愿'我不能'先生安息吧，也祝愿我们每一个人都能够振奋精神，勇往直前！阿门！"

仔细地听完这段悼词之后，我的心灵受到了很大的震动。这个活动对我们的生命是那样的具有象征意义，那样的含义深远。我想孩子们应该永远不会忘记这一天的,它将铭刻在每个孩子的心上。

接下来,唐娜老师带着学生又回到了教室。大家一起吃着饼干、爆米花,喝着果汁,庆祝他们越过了"我不能"这个心结。作为庆祝的一部分,唐娜老师还用纸剪成一个墓碑,上面写着"我不能",中间则写上"安息吧",下面写着这天的日期。

唐娜老师把这个纸墓碑挂在教室里。每当有学生无意说出:"我不能……"这句话的时候,她只要指着这个象征死亡的标志,孩子们便会想起"我不能"先生已经死了,进而去想出积极的解决方法。

唐娜老师是我的学生,但是通过这次活动,我从她的身上学到了一个令人难忘的经验。

如今,这件事已经过去很多年了,但是只要我听到有人说"我不能……"时,我的脑海中就立刻会浮现出唐娜老师和她的四年级学生一起安葬"我不能"先生时的情景。和那些学生一样,我也会记起"我不能"先生已经死了。

读了《为"我不能"举行葬礼》,我的心灵深受震撼。它讲述的是美国密歇根州一个小镇上的一位小学教师唐娜和学生一起写下了许多"我不能"的事,然后把它们放到盒子里,带领学生一起埋葬"我不能"先生,特别是在举行葬礼时,唐娜老师念的那段悼词,给我留下了难以磨灭的印象。

唐娜老师对孩子们怀有爱心,熟悉孩子们的心理,所以她的设计显得那么巧妙!她懂得激励孩子们的信心,让孩子们相信:我可以,我能够,我一定能行!孩子们知道"我不能"先生已经死了,就能不断地从积极方面去寻找解决问题的方法,从而积累自信心。"这个活动对于我们的生命是那样地具有象征意义,那样地含义深远",我想那些孩子们应该永远不会忘记这一天的,永远不会忘记他们为"我不能"举行的葬礼。因为它将深深地刻在每个孩子的心灵上,这个活动也深深地印在我的脑海里。

我常想,面对我们这些永远都长不大的孩子,该如何去激励我们的自信心呢?这可以说是一个时代性的教育问题。唐娜老师的做法也许能带给我们莫大的启示。

(陈秋艳)

如果你不为自己的梦想奋斗，没有人会替你做的。你可以得到你所想要的，只要你有足够的决心。

翅膀下面的风

◆王　欣/编译

　　1959 年，珍妮·哈伯正在念三年级，她的老师布置了一道作业，要求大家写一篇关于长大后想做什么的作文。

　　珍妮的父亲在位于北卡罗来纳的一个小农场里做农药喷洒飞行员，所以珍妮从小就被那些飞机和关于飞翔的一切深深地吸引着。她很用心地写着这篇作文，几乎囊括了她所有的梦想，她想喷洒农药，想跳伞，想人工降雨（这是她在电视上看到的一个情节），还想做一个真正的飞行员。可是，她的作业得了一个大大的"F"。她的老师说这只是一个"童话"，因为她列下的任何一个职业都不是女孩应该做的。珍妮的心差不多被摧毁了，并且感到一种深深的屈辱。

　　她把作文给了父亲，父亲肯定了她的想法："你当然可以成为一个飞行员，看看爱米莉·伊哈尔特。"他说，"你的老师根本不明白你在说什么。"

　　可是，随着时间的推移，每当珍妮谈及她未来的职业时，她都会遭到各种各样的嘲弄和否定，她几乎要被击倒——"女孩子是不可能成为飞行员的，现在不可能，以后也不可能，你太不聪明，你太疯狂了。"——直到最终，珍妮放弃了。

　　在她念高中的时候，她的英文老师是一位叫多伦斯·斯来顿的夫人。斯来顿夫人是一个从不将就的、要求很高的老师，她总是定下很高的标准并且不听别的人解释。她从不像对待孩子一样对待学生，而是期待他们全部表现得像负责任的成年人似的，就像他们毕业后为了在现实社会中取得成功而必须表现的那样。珍妮起初很害怕，可是渐渐地，她开始尊敬起她的严格和公正来。

　　一天,斯来顿夫人给全班布置了一道作业:"你认为 10 年后的今天你正在做什么?"珍妮思考着这份作业。飞行员?不可能的。空中小姐?我应该还不够漂亮,他们不会要我的。家庭主妇?谁会愿意娶我?服务生?这我倒可以胜任,这个看起来比较现实一点儿,所以她就这样写下了。

　　斯来顿夫人收上了作文以后什么都没有说。两星期以后,她发回了作业,将作文纸的正面朝下放在每张桌子上,然后问了这样一个问题:"如果你有足够的钱,并且上了最好的学校,还有足够的天分和能力,你将会做什么?"珍妮突然感觉到一股好久没有的激情带来的冲动,顿时写下了她所有的从前的梦想。当学生们写完的时候,斯来顿夫人又问道:"有多少人是在纸的正反两面写下了同样的东西?"没有一个人举手。

　　斯来顿夫人接下来说的话改变了珍妮的一生。这位老师身体略略前倾地靠在讲桌上。她说:"我要告诉你们所有人一个小秘密,你们的确有足够的天分和能力。你们的确可以上最好的学校,并且如果你特别想要,你也会有足够多的钱,事实就是这样的!如果你不为自己的梦想奋斗,没有人会替你做的。你可以得到你所想要的,只要你有足够的决心。"

　　多年的否定带来的伤害和畏惧在斯来顿夫人所讲述的真相里轰然倒下,珍妮感到一阵狂喜以及一点点害怕。她放学后留了一会儿,然后走到老师的跟前,她向斯来顿夫人表示了谢意并且告诉了她关于飞行员的梦想,斯来顿夫人站起身,重重地拍着桌子,"去实现它吧!"她说。

　　所以,珍妮实现了。但这并不是一夜之间发生的奇迹,而是通过了整整 10 年的努力工作,还要面对从暗暗的怀疑到明显的敌意所表达的种种反对。在遭到拒绝甚至羞辱时默默忍受并不是珍妮的性格,因此,她寻求着另一种方式。

　　她成了一名私人飞机的驾驶员,然后取得了必要的证书,从而可以从事航空货运甚至民用飞机的驾驶,但她始终还是一个副驾驶,她的老板很直接地表现出了在提拔她时的犹豫不决,因为她是女性。甚至她的父亲都曾劝说她尝试其他行业。"这是不可能的。"他说,"别再把头往墙上撞了!"

　　可是珍妮回答:"爸爸,我不同意你的说法。我相信一切都会改变的,我要做领航员。"珍妮继续做着她的三年级老师认为是"童话"的事情。她从事过农药喷洒,进行了数百次跳伞,甚至作为一个天气调节飞行员在某个夏天进行了人工降雨。1978 年,她终于成为被美国飞行协会认可的全国 3 名女性飞行受训者之一,50 名女性飞行员之一。今天,珍妮·哈伯是一名波音 737 飞机的国家领航员。

这是一句适时说出的正面话语的力量,来自于珍妮所尊敬的一个女性的鼓励给了这个犹豫的小女孩以力量和信心,让她可以追求自己的梦想。

今天,珍妮这样说:"我选择相信她。"

1959 年,珍妮·哈伯,一个小女孩,在她的作文中流露出想当飞行员的"梦想",这在当时无异于异想天开。到了高中,她的老师多伦斯·斯来顿夫人鼓励她去追求自己的"梦想",为她的飞行加油鼓劲。多伦斯·斯来顿夫人让她明白,希望,纵使仅留下千分之一的可能,也仍旧是可贵的契机。

如果没有老师的鼓舞,失去信心的珍妮也许会掉入泥潭而停滞不前,世界也会因此损失一名优秀的飞行员。飞翔的永恒在于振翅,流动的永恒在于不竭,生命的永恒在于追求。幸好,她让她明白了这个道理。

阳光哺育花朵,恩师开启智慧,是您将知识的源,引入了我们的心灵。老师,在高高的蓝天上,我们听到您在说话,在我们的幼翅边轻轻翕动。我们用高飞的背影去接近你目光中的蔚蓝,生命在与风的升腾中获得了岁月的光环。在烟波浩渺的大海上,您的细语是鼓满我们船帆的一阵风,载着我们如离弦之箭驶向遥远的彼岸。

杨柳长得很快,而且很高;但是越长得高,越垂得低。千万条细柳,条条不忘记根本。无论我们飞到哪里,老师永远是牵挂!

(王朝晖)

你要记住,其实没有一个人是落在后面的。谁都有自己的长项可以利用——除非他自己放弃赛跑的权利。

没有一个人是落在后面的

◆王晓莉

上高一那一年,有两件事成为我学生生涯的核心。一是我狂热地爱上了文学,我利用一切空余时间读能够到手的诗歌、小说,同时还偷偷试着自己写。可以说,文学为我单薄的生命增加了别人难以察觉的色彩和深度,它是热烈的红,也是宽阔的蓝,我因此发现了生命的美丽;另一件事却没有这么美好了。那就是我一直为我的体育课成绩苦恼着。跳远、跑步、仰卧起坐,几乎所有的项目我都不能达标。我常常在上体育课之前就开始紧张,觉得自己就像一只蜗牛那么缓慢笨拙。那年期末,我的"三好学生"称号因为体育成绩不行而成了泡影。我的内心被一些阴影笼罩着。

因为文学的关系,我和语文老师更接近一些。她是一个比我大不了 10 岁的女子,师范大学毕业,声音脆脆的。武老师与众不同之处在于每堂课将要结束时如果有一点儿时间,总要在黑板上写下一首唐诗。此举很受我们的欢迎。

有一次不知怎么的,想到体育课给我带来的烦恼和阴影,我就向武老师诉起苦来。老师听了,想了一会儿,对我说:"你知道吗,我高考时数学才拿了 50 分。"

"不可能吧!"我惊讶地说。

"是真的,"武老师说,"我高中的时候数学几乎没有及格过。有一年我几乎整年都处于想放弃高考的想法之中,因为我觉得数学学得这么差,我再怎么努力也是没用的了。但是到了高三,我好像突然梦醒了一样,我想,虽然数学差,但是我文科成绩很好啊,班上还没有几个超过我的呢。谁能保证我就不能凭借文科的出色挽救数学的不足呢?这样一想通,我的学习重新有了动力……"

武老师接着说:"我慢慢明白,每个人都有长有短。一个人如果只盯住自己的长处,他很容易骄傲;如果只盯住自己的短处,就可能更危险,因为他会丧失所有的信心,爬不起来。"

最后,武老师说:"其实无论是在生活上,在家庭中,还是在班级里,我们都像在进行一场漫长的体育比赛。但是你要记住,其实没有一个人是落在后面的。谁都有自己的长项可以利用——除非他自己放弃赛跑的权利。"

我静静地听着,有一种点醒梦中人的感觉。我的情况不是跟她有点儿相像吗?我也可以借鉴吧……在那样一个人生不大不小的十字路口,这句话就像路标一样令人难忘。凭借自己的领悟力和朝气,我很快摆脱了内心的阴影,不久就如愿以偿地跨进了自己向往已久的大学校门。

"其实没有一个人是落在后面的。"磕磕碰碰走到今天,我依然记得老师这句话。我想一个老师对学生的影响不仅仅局限于传道授业吧,有时反而是与课本无关的一句话、一个举动对学生更为重要——只要它能够击中学生那年轻而渴望的心灵。

感恩提示

"没有一个人是落在后面的",说得不经意,但"我"却受到了鼓舞,信心因此大增。老师给予了"我"勇气,让我一路勇敢地走下去,永不退缩,成就辉煌。

这篇文章从事件入手,引发议论,说明老师的只言片语或简单的一个动作,都能够影响学生的学习、让学生向好的方向发展。和蔼可亲的老师教导我们学习、生活和做人,他们就这样,在岁月无痕中默默奉献。由此,升华出一个主题:感念师恩。

感念师恩,也就是说要对老师心存感激。其中的原因很明显:老师对我们有莫大的恩情。老师是我们原始聪明才智的启蒙者,是他们让我们懂道理、学会做人。感念师恩,我们无须刻意地去做某些事,只需要发自内心的真诚,不含一丝杂念。

"于千万人之中遇见你所要遇见的人,于千千万年之中,时间的无涯的荒野里,没有早一步,也没有晚一步,刚巧赶上了",很庆幸,我们遇见了这样的好老师。

当然,好老师还有很多很多,就让我们用"谢谢"两个字来表达对他们永远的感激吧! (姚海军)

你还没有出生,我就是一个心理学家;可我希望到我死的时候,你能成为比我更好的心理学家。只有这样,世界才有希望!

什么是最重要的

◆彭倚云

一

"嘿!布罗克,等一等。"我在柏定顿车站对他喊道,"恕我直言,你肯定是去牛津面试的。"

"你怎么知道?"

"你在柏定顿车站,穿着最好的西装,手里拿着毕业论文,还能到哪里去?何况,伦敦大学的高才生布罗克·戴维斯先生除了牛津和剑桥的研究院,是不会报考别的研究院的。"

"谢谢你的恭维。那么你到哪儿去呢?"

"我也去牛津面试。"

"你?这副样子……"他吃了一惊。

我知道,在他看来,我这个中国姑娘打扮得太随便了,尤其是去牛津大学接受全世界最著名的行为治疗专家阿加尔教授的面试,显得不成体统。我穿着一眼就看得出来是从中华人民共和国的百货公司购买的白衬衣和蓝裙子,头发编成两条垂到腰际的长辫子,不施脂粉,也未戴首饰。装毕业论文的麂皮夹子是全身最值钱的玩意儿,但配上平淡的装束简直像偷来的。

"你怎么穿成这样?"坐在火车上,布罗克忍不住问道。

"没关系。我这身服装是从家里带来的,自己觉得挺好。你以为太朴素了吗?"

"我是说,那天你去伯明翰大学面试时穿的衣服为什么今天不穿上?"

"我告诉你吧,布罗克,就因为我借来的那身打扮,伯明翰大学不接收我。他们说,有条件穿法国时装、戴真钻石的女孩子不可能成为优秀的心理医生。因为这样的女孩无法理解人间的苦难,而心理医生如果不理解人间的苦难,就不知道应该怎样用心理治疗解除病人的痛苦。"

布罗克叹了一口气,沉默了。也许,他想告诉我,我没有弄懂英国的等级观念——伯明翰是重工业区,那儿的医生需要接触的多半是最下层的产业工人及其家属,因此伯明翰大学希望他们的学生朴素,能吃苦。而牛津是英国乃至世界最有名的贵族大学,巴黎时装、真钻石首饰和高级系列化妆品在牛津女学生里是极平常的东西。我这副样子怎么可能博得牛津大学的老师良好的第一印象呢?

我和布罗克在牛津大学遇见了迎接我们的两位研究生——英国小伙彼得和姑娘达芙妮。

二

阿加尔教授办公室的门没有关牢,因此整个走廊都可以听见教授震耳的咆哮:"……你以为你可以说服我吗?"

"当然不一定,因为我还没有出生时,你已经是心理医生了。"我毫不示弱地响亮地答道,"只有实验本身能说服你或者我,但是如果没有人来做这些实验,那就永远不会有人知道我与你谁对谁错。"

"就凭你那个实验方案?我马上可以指出它不下十处的错误。"

"这只能表明实验方案还不成熟。要是你接受我当你的学生,你自己可以把这个方案改得尽善尽美。"

"你想要我指导一个反对我的理论的研究生吗?"

"我是这样想的。"我笑起来,"可是经过这两个小时的争吵,我知道牛津大学是不会录取我了。"

"最后我问你,"阿加尔教授的声音还没有从争论中恢复平静,"为什么你要选择行为治疗这一科目?为什么要选择我做你的导师?"

"因为你在那本书里曾写道:'行为治疗的目的是为了给予在心灵上备受痛苦的人一个能回到正常生活的机会,从而享受正常人应有的幸福和权利。'老实说,你书里的其他的话我不一定赞成,可这句话我能给予全心全意的赞同。"

"为什么?"

"因为我知道不能做正常人的痛苦,也曾看见许多人失去了正常生活的权利而痛不欲生。我觉得行为治疗能让心灵畸形的人重新做正常的人,不再忍受精神折磨。在这一方面,我完全赞同你的看法。也许咱们的分歧只在于怎样才能更好地进行这种治疗。"

"谢谢你。你可以走了,彭小姐。"

"谢谢你,阿加尔教授。再见!"

三

我们应达芙妮之邀来到她家里。

"你除了牛津,还报考了别的学校吗?"我问布罗克。

"剑桥和伦敦。"布罗克沉思了片刻,"我不想离开英国,又不想去比伦敦大学低级的学校。"

"你为什么心事重重?"

"对不起,"布罗克苦笑一下,"在目前的情况下我不能不担忧。"

"你不是说,你的面试不错吗?"

"但阿加尔教授表示非常冷淡。"

"他是有名的冷面人,"达芙妮竭力宽慰布罗克,"只有对病人才有好的态度。我们都说,阿加尔教授的笑是留给病人的。"

"你还报考了哪些学校?"彼得问我。

"我也记不清了,大概有近二十所吧。"

"怎么那么多？"

"咳！我是广种薄收，一点儿没有选择性的。凡是有行为治疗科目的学校我都报了。为的是碰运气，看看哪里能给我奖学金。"

"如果没有奖学金呢？"达芙妮的话音里明显地流露出一股瞧不起人的调子，"你就不念了吧？"

"那还用说。我自己可付不起几千镑的学费！"

"我从来没有为钱念过书。"达芙妮高傲地说，"我来牛津是因为它有名气。""那是因为你有钱。"

彼得反驳道："彭小姐，阿加尔教授的学生全有奖学金，你放心。牛津医学院的里弗斯奖学金是指定给他的研究生的。当然，要当他的学生很难。他四五年才收一名研究生，总是挑了又挑。"

"既然奖学金对你这么重要，为什么你还要顶撞阿加尔教授呢？"

"哦，彼得，"我笑了，而且察觉自己笑得很温柔，"如果你并不爱一个姑娘，你能够为了钱对她说你爱她吗？"

"很难。"彼得承认。

"在科学上，违心地赞成自己不同意的理论，那就更难。倘若你在爱情上欺骗，受骗的只是一个姑娘；可在科学上欺骗，为了钱而不坚持正确的论点，受害的将是成千上万的病人。我想，假设我这样做了，我的一生都会受到良心的谴责。"

四

大厅里挤满了人，宣布名单的秘书几乎看不见，只听到他的声音："作为阿加尔教授的博士研究生的机会，以及里弗斯1985～1988年奖学金，在经过委员会讨论以及征求了阿加尔教授本人的意见之后，决定给予从伦敦大学毕业的心理医生彭倚云小姐。"

"你看，我的孩子。"阿加尔教授当着众人对我说，"你骂了我两个小时，我还是决定要你，你知道为什么吗？我相信你来这里不单是想当我的学生，而且是为了把你自己的论点告诉我，好让我看出我的理论的反面。我觉得，你是怕我因为太有名了，所以看不到自己理论的反面，以致误人误己。你这样做是对

的。没有你昨天和我吵的那一架，我真的看不到这样的可能性。我要你做我的研究生，让你尽情地在我的支持下反对我的理论。要是事实证明你是错的，我当然会高兴；要是我们都对，我更高兴；要是你是对的，我是错的，哈！你想不到我将会多高兴。你还没有出生，我就是一个心理学家；可我希望到我死的时候，你能成为比我更好的心理学家。只有这样，世界才有希望！"阿加尔教授发现了彼得，转脸对他说："你要请她喝一杯庆祝吗？不！请这位中国姑娘在牛津喝第一杯酒的权利应该归我。这样吧，你可以请她喝第二杯。"

我深受感动，我终于可以挽着阿加尔教授的手臂走进牛津大学研究院的大门了。那么，什么是最重要的呢？达芙妮、布罗克不知道，也许还有很多人也不知道。

衣着普通看上去丝毫不出众的彭小姐在面试中极力坚持自己的观点，教授却因此接受了她。

古希腊先哲亚里士多德有言："吾爱吾师，吾更爱真理。"为人师者，不会怪罪维护真理的学生。你有反驳、纠正他的勇气，他非但不会讨厌、责怪你，反倒会为自己有这样一个了不起的学生而感到欣慰呢。

听过一位老师说："给学生一双会飞的翅膀，我的付出就有意义了。"老师的成功之处，不仅仅在于他给学生传授了多少知识，更在于他是否教会学生做人的道理。关于外在和内在，有一句话说得很精彩："一个用来生活，一个用来寄托。生活总是现实的，寄托总是美好的。"老师不把外在显现作为衡量学生的必要条件，他们看重的是内在美。

故事中的教授是个好老师。他表面上严肃、固执，但还是选择了彭小姐。为什么？因为对于老师来说，难得的是拥有这样不迷失于外在而敢于提出质疑的学生。所以说，老师并不总是整天板起面孔来呵斥学生的人，他们宽容、善良，看着学生提出有见解的观点，渐渐地茁壮成长，会报以宽慰的一笑。　（谭雅倩）

这个世界是牡蛎,你们犹如放入牡蛎中的一粒籽,能长成一颗无价的珍珠。你们每个人都拥有一颗伟大的种子!

无价的珍珠

◆[美]玛西娅·埃文斯

那是我中学毕业前夕,我们20位毕业生,被召集起来开会。

我们的科学老师约克先生过早地秃了头,不过,他的蝴蝶领结配上他那副有角质架的眼镜就显得富有个性了。他递给我们每人一只用缎带系着的白色小盒。

"在你们的盒里,"他说道,"你将可看到镶有小粒珍珠的手镯或领夹,那珍珠意味着你们的潜能,这个世界是牡蛎,你们犹如放入牡蛎中的一粒籽,能长成一颗无价的珍珠,所以,你们每个人都拥有一颗伟大的种子!"

我依稀记得从我懂事起,母亲就每星期从她杂货店挣的钱中留下几美元供我和姐姐玛丽安娜将来上大学用。

我中学毕业后和丹结婚了,丹大学毕业时,我们有了第二个孩子,沉重的家庭担子使丹放弃了自己的事业,参了军。我们过着极不稳定的生活,我凝视着手腕上的小珍珠,想不出我有什么"伟大"的潜能,最后,我把手镯塞进了抽屉。

过了10年接连不断的搬迁生活,丹终于找到了一份文职工作,最小的孩子也上学了。我开始投身于儿童剧院、合唱团,弹奏风琴,帮助那些因病或有事而闲居家中的人做好事。我还做过百货公司的营业员、花店管理员、心肺健身法教员,甚至邮递员。

我忙极了,我帮助别人,又为自己增加了收入。不过,我会打开抽屉,看着手镯沉思:我做的哪一件事会像约克先生对那颗小"种子"所寄予的希望那样呢?

晚上，我在床上翻来覆去不能入睡，昔日上大学的目标时时在我脑中萦回。但我已经是 35 岁了！已有 17 年没有参加过考试了。

我母亲大概猜出了我的心思，一天下午我们通电话时她说："玛西娅，还记得为了想让你上大学而存蓄的那笔钱吗？它还在呢！"

我拿着话筒发愣，我决心要实现母亲的梦想。

6 个月后，我鼓起勇气，进了附近一所大学。我的能力测试报告指出，我很适合当教师，我简直难以置信，教师是像约克先生那样充满信心的人。然而，我还是注册了教师进修课程。

可是，读到第二学期的期末时，我想退学了。在大学，我要跟比我年轻一半的聪明伶俐的同学展开竞争。到了家里，由于没有人做家务，大家只能吃泡面，屋子里又积满了灰尘。

在我大学一年级的一个下午，我上完了一堂特别紧张吃力的课后，噙着泪驱车回家。"上帝啊！"我祈祷，"如果您真的想让我留在大学学习，请给我引路吧。"

说来也巧，几天后我竟在牙诊所碰到约克太太，我告诉她那颗小珍珠怎样激励我重返校园。"但是，功课实在太难了，"我抱怨道。

"我很理解你，"她同情地说，"我丈夫也是到了 30 岁才开始上大学的呢！"

她跟我讲述她丈夫的奋斗经历，我听得入神，我原以为约克先生已执教多年。

那次的巧遇使我坚持读完了以后的 3 年。

大学毕业时，我已经发觉并领悟了约克先生当年所看到的"潜能"是什么了。我在当地一所中学教英文，我力争把日常生活寓于教学之中，我把教学生广泛阅读报纸、领他们参观工厂、邀请社会名人到学校作报告看得与教授莎士比亚文学一样重要。

第一学年快要结束时，校长提名授予我首年教学优秀奖，我简直受宠若惊。申请这种奖，本人必须讲出其中的某位老师曾经如何唤起自己执起教鞭的。当然，我叙述了小珍珠的故事。

1990 年 9 月，我荣获"百名教师首年教学优秀奖"，更重要的是约克先生也获得了"教师贡献奖"。当我们两个接受记者的采访时，我才发觉时间竟如此的巧合：约克先生明年就要退休了。

那天，约克先生向记者说，他年轻时缺少自信，是什么促使他回心转意呢？"看到别人信任我。"他说道。

突然，我仿佛又看到了在科学教室正在打开白色小盒子的20位同学。"那就是我们的共同点，是吗？"我恍然大悟，"那些你赠送珍珠的学生都是你认为缺乏自信的年轻人。"

"不，你们都是我认为怀有伟大种子的年轻人。"约克先生回答道。

感恩提示

约克先生为学生的奋进指明了方向，他无价的珍珠唤起了学生睡眠中的潜能。这种鼓励让"我"也拿起了教鞭，甘为人梯，奋战在教坛上。

我曾在七彩的霓虹灯下，迷失了方向。是老师的目光带着我穿越四季的喧嚣，走向永不褪色的眷恋。老师久久凝望的目光里，那股无比的亲切和豪情在我的心海中放歌。老师的思想，老师的话语，充溢着诗意，蕴涵着哲理，又显得那么神奇，在我的脑海里，它们曾经激起过多少美妙的涟漪！在我的心目中，老师既是最严厉的父亲，又是慈祥的妈妈；老师是无名的英雄，又是了不起的人物。

遇上了困难，老师会在我们耳边鼓励道："战胜自己，超越自己，努力跳过这挡在你前面的坎，去燃烧你的青春！"

毫不吝惜地燃烧自己，发出全部的热，全部的光，全部的能量。老师，您像红烛，受人爱戴，令人敬仰！老师，您用火一般的情感温暖着每一个同学的心房，无数颗心被您牵引激荡，连您的背影也凝聚着滚烫的目光……在生活的大海里，老师就像高高的航标灯，屹立在辽阔的海面上，时时刻刻为我们指引着前进的航程！

（耿 直）

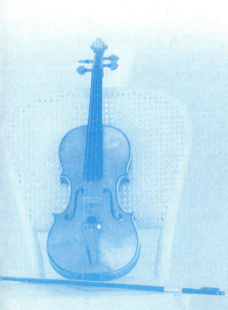

难忘那一课

古人云:"师者,所以传道、授业、解惑也。"老师不但用渊博的知识,精深的才学,让我们得以在知识的海洋中遨游,更重要的还在于他们用自己高尚的人格魅力,丰富的人生体验,使我们明白生活的意义,领悟生命的真谛,懂得做人做事的道理。他们的教诲,如轻风般缭绕在我们的心田,恬淡而深刻,并将穿越时空温润我们的一生。

人生就是天穹中的星星，在多年后，要让所有人为你的光彩喝彩，那么现在我们就得努力，让最美好、最灿烂的部位，都发出光来。

努力发光

◆陆勇强

教我们高等数学的老师其实是个哲学家。十多年前，我们面临着毕业。所有的老师都祝愿我们以后事业有成。但他却在最后一堂课上说："最后一堂课，我们随便聊聊吧。"

那是一个下午，阳光很好，教室外的梧桐树华荫如盖，阳光从叶间抛洒下来，他指指一束阳光，问："你们见到的阳光是现在的吗？"

我们说："当然是现在的阳光。"

老师说："错了，太阳是距离地球最近的恒星，它发出的光线需要走 8 分钟才能到达地球。我们现在所见到的阳光，是太阳 8 分钟之前发出，而不是现在。"

我们茫然，但又觉得莫名其妙。我们不知老师为什么要聊天文方面的话题。

老师却继续说："所有的恒星中，有一颗星叫天狼星，它距离地球 10 光年。而牛郎星和织女星，离我们达 27 光年。而现在距离我们最远的恒星是 8 万光年之外。

"我们所看到的天穹，都不是现在的模样。我们此刻见到的是 10 光年之前的天狼星，27 光年前的牛郎星和织女星，8 万光年之外的外星系。而现在的天狼星，我们在 10 年后才能知道。现在的牛郎织女星要在 27 年后才知道，最远的外星系，在 8 万年之后。

"同学们，人生就像天际边的一颗恒星，我希望你们从现在开始，从此刻开始，努力地发光。10 年后，20 年后，我就能见到你们最亮丽的人生。"

从来没有一种经历能像这堂课让人那么刻骨铭心。真的，人的一生要走过许多机关，有时候它的钥匙就藏在一些细如流沙的小事中，甚至它只是一句话，一个词，一个眼神。从此我知道，人生就是天穹中的星星，在多年后，要让所有人为你的光彩喝彩，那么现在我们就得努力，让最美好、最灿烂的部位，都发出光来。

不妨先回忆一下，在我们漫长的学习生涯中，有几个老师对你影响最大，有几节课是你终生难忘的？

毋庸置疑，在《努力发光》这则故事中，"教我们高等数学的老师"的最后一节课，是相当成功的。在大学即将毕业之际，这位老师并没有像其他老师那样简单地"祝愿我们以后事业有成"，而是用"随便聊聊"的方式，通过对我们日常生活中所看到的阳光及星光的探究，生动地教给同学们一个深刻的哲理：人生就像天际边的一颗恒星，只有从现在开始努力地发光，才能在 10 年、20 年后拥有亮丽的人生，收获别人的喝彩。

相比于呆板的祝福、枯燥的说教，这位老师的最后一课确实与众不同，难怪让作者刻骨铭心。让我们也记住这生动而富含深意的一课吧，从现在开始努力发光，活出自己独特的风采！

(田　野)

吴青老师走远了，可我们还是默默地坐在教室里，坐了很久很久。

难忘那一课

◆须蜜蜜

能够成为吴青教授的学生是我在北京外国语大学最幸运的经历，而她授予我们的第一堂课更使我终身难忘。

我们的第一堂口语课排在 3 月 2 日，谁知 3 月 1 日，从报上一行冰冷的触目惊心的文字中，我们惊悉冰心老人与世长辞的噩耗。吴青老师还能照常给我们上课吗？早就听闻吴青老师与母亲感情甚笃，承受着刻骨切肤的丧母之痛，她是不会来了。

带着种种猜测与疑惑，我们仍然准时坐在教室里。11 点整，一个娇小但挺拔的身影走进了教室，平静的面容，平静得让我们发现不了什么，唯有她左臂上的黑纱刺痛了我们的眼睛，刺痛了我们的心。

是她，是吴青老师！

刚才还有说话声的教室顿时鸦雀无声。吴青老师从容地微笑着环视了一下四周，开始自我介绍。她声若洪钟，字正腔圆，那流利而纯正的美国英语令我们一下子为之折服，钦羡不已。接着，她就上课纪律、教室卫生等向我们提了几点要求，然后缓缓问道："Can you promise（你们能承诺吗）？"我们齐声回答："I promise（我承诺）。"她用略带赞许的目光望着我们说："既然你们承诺，那就没有任何理由做不到。因为作为一个人，最重要的就是 faithful（诚实）。"

因为这学期口语采用了新课本，吴青老师对课本进行了详尽的介绍。生动活泼的形式，不经意间流露的幽默感染了我们，于会心处她与我们一同爽朗地开怀大笑。听着她如同行云流水般的讲述，我们几乎忘记了冰心老人的辞世。

介绍完课本，这堂课也临近尾声，吴青老师收敛起笑容，神色变得凝重起来："大家都已知道了我母亲去世的消息，我绝不会因为母亲的离去而耽误工作，我们家的传统就是'人走了，但生活还是要继续'。当年我父亲吴文藻去世时也是如此。我母亲虔信'有了爱便有了一切'，她热爱孩子，对青年人寄予厚望……"

透过矇眬了双眼的泪花，我仿佛看到冰心老人也站在我们的讲台上。这位老人非常平静地看待生死，曾说出"人间的葬礼是天上的婚筵"这般通透豁达、大彻大悟的话来，吴青老师能够把悲痛化为力量，不正源自她母亲的精神吗？

谈到动情处，吴青老师禁不住哽咽了，忽然间老师仿佛记起了什么似的，抬腕一看表，重又微笑着说："这堂课结束了，刚刚一席话耽误了大家吃饭，对不起了。记住离开教室时随手关灯，下课。"

吴青老师走远了，可我们还是默默地坐在教室里，坐了很久很久。

母亲去世,这是一般人都难以承受的事,可是吴青老师不是一般的人。"人走了,但生活还是要继续。"敬业的吴青老师谨记母亲冰心老人的这句话,收起悲痛,继承了母亲爱孩子的心和看破生死的淡泊,继续站到三尺讲台上,按时上课,像往常一样为她的学生传授知识,和学生一起沉醉在知识的海洋里,一言一行都是学生学习的典范。她并不是不悲痛,但身为人民教师的职责提醒着她,无论经历多大的痛苦,她的学生还在等着她,需要她。母亲缺席了她往后的日子,但学生的课堂她不能缺席。吴青老师以令人敬佩的品德,成功地为我们讲授了最难忘的第一堂课。

老师就是这样一个敬业的人,风雨无阻地为我们上课,以自身的执着为我们树立学习的榜样。她多少次在灯下批阅教案,多少次为我们的少不更事流泪叹息,多少次激励我们前行,多少次想着我们的未来夜不成眠。每次想起我们的老师,都忍不住流下感激的泪水。

(韩文亮)

是王老师,是那节课,那节使我终身难忘的英语课,使我在征服命运时没有跌倒;使我寻回了自信心,远离了歧视和自卑的阴影。

没读"Lame"的一课

◆胡子宏

自从两岁那年一场重感冒夺去了我的左腿,小儿麻痹症就开始成为我生活的羁绊。等终于能够靠拐杖支撑起自己的身体走路时,我又发现,我一斜一歪的姿势常常引起小朋友乃至同学们对我有意无意地歧视。

我一天天的成长起来，可对于一个女孩子来说，有什么比失去苗条健全的双腿更痛苦的呢？我不敢穿裙子，不敢大步地走，甚至在雨天路滑时，我还要重拾起早在小学时就扔掉的拐杖。

　　好在我是一个勤奋的女孩，我的成绩在班里乃至全年级都是第一名。但这并不能消除我的自卑和别人对我的歧视，我常常沮丧到极点，直到初三时，一节英语课改变了我几乎一生的心情——

　　那节课其实是很普通的一课，当时我任班里的学习委员，每篇课文我都要预习，凭借自己的勤奋，我早已将老师即将讲的新课熟读许多遍了。可是那篇课文是讲一个瘸骆驼的——偏偏是一匹瘸骆驼，那个 Lame（瘸子）单词使我的心狂跳不已。我仿佛感到：自己高高的身躯偏偏摊了条瘸的左腿，就像瘸骆驼。我不敢想象王老师带领全班同学读 Lame 的英语单词时，定会有许多同学把目光投向我这个"瘸骆驼"。我的心紧张地跳着，晚上睡觉前淌出了痛苦的泪水……

　　令我胆战心惊的英语课终于来临了。预备铃刚刚响过，王老师就来到教室，镇定地站到讲台上，未等班长喊"起立"，王老师就说："同学们，我们要讲新课，糟了，我忘了带背课本了，还有 5 分钟，来得及，学习委员，课代表，麻烦你们到我宿舍好吗？把我的背课本拿来……"

　　我和课代表王颖出了教室，去王老师的宿舍。王老师的宿舍很乱，我们找了好大一会儿，才在一堆书本中找到他的背课本。

　　在回教室的路上，我的心怦怦地跳起来："Lame"，"瘸子"，等会儿，王老师肯定要读这个单词的，那么多同学肯定会嘲笑我。王老师拿着背课本，一言不发，我们又回到了教室。

　　王老师说了声谢谢，我们就回到座位了，我的脸热辣辣的，心狂跳不已。我记不起王老师讲了些什么，心里总是在念叨着，"Lame"，"瘸子"，我是瘸子。

　　王老师开始领读单词了，同学们很安静，读得很整齐，王老师的皮鞋踏在砖地上清脆地在响。单词一个个读下去，王老师和同学们的声音很洪亮。我闭上眼睛心里在想，到 Lame 了，到 Lame 了……

　　王老师和同学们一遍遍地读单词，除此，教室里没有其他的声音，没有我事先想象的哄笑。我慢慢地抬起头，打量着周围的同学，大家都在专心致志地跟王老师读单词，其他什么都没发生。慢慢地，我也张开口跟王老师朗读单词了。

　　终于我发现，王老师没有读"Lame"，每一次他都跳过这个单词，似有意又似无意……

终于,难挨的一课结束了。王老师布置了作业,像平常一样,叮嘱我和课代表及时把同学们的作业送到他的办公室。

第二天晨读课时,我的心又开始忐忑不安,晨读课上同学们都要说英语,还会有"Lame"。可是,那天晨读课,教室里静悄悄的,同学们没有一个人读英语单词和课文,没有一个人读"Lame"……

再上英语课的时候,我常常偷偷凝视王老师,他那么英俊、高大,他还那么善良,尤其是他没有读"Lame"。从此,我的英语成绩牢牢地排在年级中第一名,我又开始穿裙子、跳猴皮筋了。不仅如此,我每科成绩都更加出色,甚至,在一节体育课上,我的掷铅球成绩排到了女生的第七位……

5年后,我考上了北京那所众所周知的大学。

又过了5年,在一次同学聚会上,我和丈夫遇到了也是夫妻成双的王颖。这时,我已是一所专科学校的英语教师,丈夫高大英俊,是一家化工厂的工程师。谈笑间,我们回忆起少年往事,不由得谈到了王老师,我又想到了那个"Lame"单词。王颖说:"你知道吗,那节课是王老师事先安排好的,他对我讲过,你的肢体残疾了,但关键是你的心灵也受到了打击,那个单词肯定会影响你的情绪。在我们去宿舍取备课本的10分钟里,王老师领着同学们学了'Lame',而且共同约定领读单词时不再读'Lame',第二天晨读时也不要读英语课文……"

啊,原来如此,我的泪水哗哗地淌出来。"Lame—Lame—",那节课的情景在我头脑中过了个遍。命运这厮,曾一度扼杀了我的活泼、我的健康,尤其是,它也一度扼杀了我健康的奋斗精神,折断我理想的翅膀。是王老师,是那节课,那节使我终身难忘的英语课,使我在征服命运时没有跌倒;使我寻回了自信心,远离了歧视和自卑的阴影。

那节课,嵌在生命深处,王老师教给我的不仅仅是知识,也赐给了我战胜不幸命运的人格力量。

文中的女孩子是不幸的,一场感冒夺去了她的左腿,小儿麻痹症成为她生活的羁绊。同时,她又是幸运的,她勤奋,而且成绩优异。更重要的是,一位善良的老师赐予了她战胜不幸命运的力量。以前不敢穿裙子的她,开始穿裙子,甚至掷铅球的成绩还排到了女生的第七位……

是王老师与同学们的共同约定使她放下了忐忑不安的心,迈出了黑暗的圈子,寻回了自信心。当这位女孩子走出阴影时,我们心中不禁充溢一种刚强的力量和温柔的抚慰。此时,我们感觉到的是一股来自心底的温暖与感动。在为女孩高兴之余别忘了为王老师响起一片掌声,是他用一颗真诚的心及时抚平了女孩心灵上的伤痕。他就像是黑夜里的一把火,在女孩万念俱灰的那一刻,给女孩带来了希望之光。难道这还不足以令我们为之动容吗?

现实生活中,我们常常会把自卑滞留在心里,将自己关进一间堆满了不如意的屋子里。直至遇见"王老师",便会帮我们打开无助心灵的一扇窗,走出这间屋子。他会温暖地对你说——

飞吧! 不要怕山高,不要怕路长,以自信去赢得属于自己的天堂!(黄小芳)

她深切地明白,教育学生,不仅要传授知识给他们,更重要的是,要教他们做人的道理。

她跪下了左腿

◆秦 彤

"作为一名教师,我没有想到我的学生们会用作弊这种手段来欺骗我,来欺骗你们自己,你们的学业。作弊对我来说从来都是一种耻辱,尤其当我来到异国成为一名教师时。我宁愿我的学生从我的课上只学到诚实。所以,凭我的心,我请求我的学生再也不要作弊,再也不要欺骗。"

当24岁的R面向我们76位中国大学生跪下她的左腿时,整个课堂一片静寂,虚空一样的静寂。然而我却分明清晰地听到了76颗心脏以怎样的速度跳

动,听到了 76 个躯体里血的河流以怎样的速度奔涌,听到了 76 颗灵魂在如何地吼叫,却没有一颗勇敢地站出来表白。

R 曾在美国获大学政治学学士学位和商业金融管理的硕士学位,在美国她是一个有着丰厚收入的银行职员,而她却选择了"英语学会"这个使世界人民学习英语的组织,她想到异国去把传播英语知识做一抹优美的华彩涂在人生的第 24 个年轮上。如今,她终于如愿地站在了 M 大学的讲台上,迎接新的挑战。

这块崭新的领域对 R 充满着神奇与幻想,她尽情地享受这里美妙的阳光。每天下午,在喧闹的操场上,你总可以看到一个金发碧眼的高个姑娘,那么认真地锻炼着,脸上始终挂着微笑。生活中的她永远那么活泼、可亲,充满活力,而她周围的同学则无形中多了一个练习口语的伙伴。

然而,这一次她失望了。

3 次讲座一次测验,仅有的 6 张讲义上几乎印下了所有要点,任何一位学生只要认真看上两遍便会从容通过测验。可是,她失望了。

R 和另外两位外籍教师一起找到了系里,讲述了学生们作弊的情况。很多人为这次考试做了"准备"——纸条小抄,桌上的记号以及她们大概永远也搞不懂的手势。

3 位异国女性愤怒了,她们要求重新考试。

法不责众,传统的中国法则使系主任为难了。两个小时艰难的讨论后,惩罚是全体降分 20 分。

于是,当 R 再次登上讲台,她放下了讲义。她对自己的职责似乎有了更深的理解。

当那碧蓝深邃的目光再一次扫过整个课堂时,那里仍是一片沉寂,只有她响亮坚定的声音仍在回响。

"我知道分数对于学生的重要性,知道你们需要一个高分去获得更好的工作,但我不明白,如果你们没有真正的才识,如何去维系这种生活……"

"我亲爱的同学们,20 年、10 年或许更短的时间以后,我,一名外籍教师所讲的知识或许都会成为流水从你们的记忆中流走,我不会遗憾,但我希望,真心地希望,到那时,你们还会记得有一位异国老师曾怎样地请求你们做一个诚实的人……"

R 的一只膝盖抵着地,嘴唇仍在颤动着,而我好像什么也没听见,只有一个声音在夜空中震荡。

"The most important thing is to be honest!"（最重要的事情是诚实）

我知道，它会铭刻在我心中，铭刻在76颗心中。永远，永远。

  感恩提示

美国来的高材生R热爱生活，热爱她的教师工作。她放弃了在自己国家丰厚的生活待遇，怀着美好的愿望，到其他国家传播英语，为自己年轻的生命添上了华美的一笔。可是中国的大学生连最简单的笔记都没有记过，考试的时候集体作弊，这种不诚实的做法让她深深地愤怒和失望了。她深切地明白，教育学生，不仅要传授知识给他们，更重要的是，要教他们做人的道理。所以这位可敬的外籍教师，为了她的学生，放弃尊严下跪了，那一跪比所有的大道理更具说服力，足以使所有学生的心灵受到震撼，得到一次生命的洗礼。

孟子曰："诚者，天之道也；思诚者，人之道也。"中国自古就强调做人要诚实厚道，我们的先人可以为了一句诺言虚耗半生，可以为了一个约定驰骋千里，甚至付出生命的代价。如今中国大学生的诚信危机，已经上升为一个严重的社会问题，大家已经把祖宗教导的诚信给弄丢了。正如R所说："The most important thing is to be honest！"当你想弄虚作假的时候，想想老师R那震撼灵魂的一跪吧。

（韩文亮）

水有三种状态,人生也有三种状态,水的状态是温度决定的,人生的状态也是由自己心灵的温度决定的。

人生的温度

◆李雪峰

教授的一群学生要毕业,最后一堂课,教授把他们带到了实验室。教授取出了一个玻璃容器,往容器里注入了半容器清水,教授说:"这是常态下的水,如果把它倒进小溪里,它将能流入大河,然后和许多水一道奔流着涌进大海。教授把盛水的容器放进一旁的冰柜说:"现在我们将它制冷。"过了一会儿,容器端出来了,容器里的水凝结成了一块晶莹剔透的冰,教授说:"零度以下,这些水就成了冰,冰是水的另一种形态,但水成了冰,它就不能流动了,诸如南极极地的一些冰,它们在那里待了几千年几万年,几公里外的地方它们都不能去,它们的全部世界就是它们立足之地的那一丁点儿地方。"

"现在,我们来看水的第三种状态。"教授边说边把盛冰的玻璃容器放到了酒精炉上,并点燃了熊熊的火焰。过了一会儿,冰渐渐融化了,后来被烧沸了,咕咕嘟嘟地翻腾出一缕缕乳白色的水蒸气。

过了没多久,容器里的水蒸发干了。教授关掉酒精炉让同学们一个个验看玻璃容器说:"谁能说出那些水到哪儿去了呢?"学生们盯着教授,他们不明白这最后一堂课,学识渊博的教授为什么给他们做这个最简单的实验。

教授问学生们:"水哪里去了?它们蒸发到空气里,飘进辽阔无边的天空去了。"教授微微顿了一顿说:"它并不是一个简单的实验!"

教授说,水有三种状态,人生也有三种状态,水的状态是温度决定的,人生的状态也是由自己心灵的温度决定的。教授说:"假若一个人对生活和人生的温度是零摄氏度以下,那么这个人的生活状态就会是冰,他的整个人生世界也就不过是他的双脚站的地方那么大;假若一个人对生活和人生报平常的状态,那么他就是一掬常态下的水,他能奔流进大河、大海,但他永远离不开大地;假若一个人对生活有 100 摄氏度的炙热,那么他就会成为水蒸气,成为云朵,他将飞起来,他不仅拥有大地,还能拥有天空,他的世界将和宇宙一样大。"

教授微笑着说:"让你们对人生、对生活的温度最少保持在 100 摄氏度,这样你们的人生世界才会最大。"

教室里哗地响起了雷鸣般的掌声,同学们记住了心灵的温度将会决定一个人的生活和一生。

感恩提示

是谁把滋养生命的甘霖洒遍大地?是谁用化雨的春风吹绿原野?是谁化为红烛照亮黑夜?是你,我们可敬可爱的老师。

除了向父母学习和模仿,我们一生得益最多的来自老师身上。一个优秀的教师总是善于诱导,不仅带领学生在知识的海洋里航行,也陶冶他们的心灵,告诉他们人生的道理。老师的课堂就是传播真善美的地方,每一位老师都是一位伟大的哲学家,山川雨露,繁花绿叶,万千世界,信手拈来就是一句充满哲理的话。这位学识渊博的教授,在最后一堂课,做了一个很简单的实验,以水的三种状态来生动形象地比喻人生的三种状态,让学生记住了:心灵的温度将会决定一个人的一生。

即使经历岁月的无情,很多人和事都已经面目全非,但我相信,这最后的一节课,将成为永恒温暖的回忆,影响学生的一生。犹如记录心情的日记,即使书页已经发黄,随手翻阅,那一瞬依然历历在目,如在昨天。   (韩文亮)

休斯先生希望我们能从这次测试中吸取教训，并牢记他的告诫，任何老师和课本都不可能是绝对正确的。

我最喜欢的老师

◆[美]大卫·欧文

休斯先生是五年级的科学常识老师。记得第一天上课，他给我们讲解的是一种名叫"猫猬兽"的动物。他说这种动物一般在夜间活动，在冰河时期便灭绝了，因为不能适应环境的变迁。他一面仔细讲解，一面让我们传看一个颅骨。我们全都认真地做了笔记，然后是随堂测验。

当他把卷子发下来的时候，我惊呆了，因为卷面上居然划着一个醒目的红叉叉——我得的是 0 分！我不得不怀疑是老师弄错了吧。休斯先生在课堂上说的话，我全都认真地记了笔记。不过我很快地了解到，这次测验，全班同学得的都是 0 分。这是怎么回事呢？

休斯先生解释道："原因很简单，关于'猫猬兽'的一切，都是假的。这种动物从来就没有存在过。因此，你们做的笔记，全部是错误的信息。难道你们根据错误的信息得出的错误答案，我还应该给分？"

不用说，我们全班同学都快气死了，一片指责。这算什么测验？休斯先生是什么老师？

休斯先生接着说："你们本该早就发现这个错误的。在大家传看'猫猬兽'的颅骨（实际上是猫的颅骨）时，我不是说过这种动物灭绝了，没有留下任何能够证明其存在的证据吗？在形容这种动物的特征时，我故意说它的目光在夜间是如何敏锐，皮毛的颜色又是如何的光亮等，但这些我怎么可能知道。我还给它起了个特别怪的名字，可是你们竟毫无理由地相信了。"他又说："这次测验的成绩我都会全部登载在你们的成绩册上。"

　　休斯先生希望我们能从这次测试中吸取教训,并牢记他的告诫,任何老师和课本都不可能是绝对正确的。事实上,每个人都会犯错误。他告诉我们不要让自己的脑子呈睡眠状态,还要求我们一旦发现他或课本有什么错就立刻指出来。

　　以后对我来说,休斯先生的每一堂课都是一次历险。至今,我还能清楚地记得几堂科学常识课的细节来。一天,他对我们说他的"大众"牌汽车是一个有生命的生物体。我们花了整整两天的时间搜集证据,准备驳斥他的断言。当我们向他证明我们了解什么是生物,而且还敢于坚持真理的时候,他的脸上才露出了赞许的笑容。

　　自那以后,我们总是带着怀疑的精神走进每一间教室学习。其他老师不喜欢受到学生的挑战和质疑,因此也惹出过不少风波。比如,在历史老师就某一事件侃侃而谈的时候,突然会有个同学嘀咕,冒出"猫猬兽"三个字来。当然,并不是所有的人都可以接受休斯先生的做法中所包含的哲理。有一次,我把休斯先生的方法告诉一位小学老师。他听了吓坏了,说:"他怎么可以如此轻率呢?"我立刻正视着那位老师的眼睛,并告诉他:"老师,您错了。"

感恩提示

　　古语有云:"授人以鱼不如授人以渔。"意思是说与其把鱼送给别人,不如教会别人捕鱼的本领。同样道理,老师与其生硬地传授知识,还不如教会学生积极主动学习的能力。传统填鸭式的教学方法埋没了学生敢于发问的天性,消磨了他们的创造性思维。休斯先生一反传统,用"猫猬兽"教会了学生灵活思考和敢于质疑权威、坚持真理,真正做到了调动学生学习的积极性。这样一位特别的老师,自然受到学生的喜爱。

　　如果说学生是学飞的雏鸟,那么老师就是翱翔天际的雄鹰,以自己为榜样,教会我们飞翔的本领。一位好的老师常常是一种力量的象征,让人不由自主地产生尊敬的感觉。而休斯先生以他特殊的教学方法和高尚的人格魅力,让课堂成为游乐园,让沉闷的学习成为有趣的游戏,赢得了学生的爱戴。这样一位亦师亦友的长辈,他教给学生的,是一生受用不尽的最宝贵的财富。

　　　　　　　　　　　　　　　　　　　　　　　　　　　　　(韩文亮)

不要被那些无谓的小事困扰，而是应该好好珍惜时间，去做那些真正对自己重要的事情。

哲学教授的实验课

◆蒋　晔

　　年近花甲的哲学教授在上最后一课。课快完时他拿出了一个大玻璃瓶，又先后拿出一袋核桃，一袋莲子。他说："我今天给你们做一个实验，希望你们每个人能一辈子记住这个实验的结果。"

　　在座的同学当时都很奇怪，哲学课还能做出实验吗？

　　老教授把核桃倒进玻璃杯中，直到一个也塞不进去为止。这时候他问："现在杯子满了吗？"学过哲学的同学已经有了几分辩证法的思维，"如果说装核桃的话，它已经装满了。"教授又拿出莲子，用莲子填充核桃还留下的空间。

　　老教授笑着问："你们能从这个实验中概括出什么哲理吗？"

　　同学们一个个开始发言，有人说这说明了世界上没有绝对的满，只有相对的满；有人说这说明了时间像海绵里的水，只要想挤，总可以挤出来的；还有人说这说明了空间可以无限细分。

　　最后，老教授说："你们说的都很有道理，不过还没有说出我想让大家领会的道理来。你们是不是可以反过来想一想，如果我先装的是莲子而不是核桃。那么莲子装满后还能再装下核桃吗？你们想想看，人生有时候是不是也是如此，我们经常被许多无关紧要的小事困扰，看着人生就此沉埋于这些琐碎的事物之中。到了最后，往往忽略了去做那些真正对自己重要的事情，结果，白白浪费了许多宝贵的时间。所以，我希望大家能够记住这个实验，如果莲子先塞满了，就装不下核桃了。"

一片静默之中，同学们都陷入了沉思。

用杯子先装满大的核桃，还能装体积小的莲子，但如果先装满莲子，就装不下大体积的核桃了。哲学教授用核桃和莲子的实验告诉我们：不要被那些无谓的小事困扰，而是应该好好珍惜时间，去做那些真正对自己重要的事情。

哲学教授生活阅历丰富，见识十分宽广，思想富有深度，生活琐碎小事信手拈来，经过他的脑袋和嘴巴，就是一个回味无穷的人生哲理。其实真正的良师总有一个类似的特征，就是善于用一个很小的故事说明一个大道理。这位教了一辈子哲学的老教授，以他在人生的河流里经历无数风雨沉淀的珍珠，让我们看到了长者闪光的智慧。他包容着我们的稚嫩和缺陷，用自己的身体，为我们建造了一座通向知识海岸的长桥。他就像那春天的风，吹走了冬天的肃杀和寒冷，带来了最真诚的祝福，让深埋地下的种子发芽，把希望的颜色染绿大地。聆听他的教诲，就能开阔我们的视野，看到一个更加广阔的天地。　　　（韩文亮）

无论岁月如何变迁，学生成就如何之大，他仍然是那一位最值得学生学习和尊敬的老师。

考试也是做人

◆丁　丁

杨柳大学毕业后回到县师范学校当老师，上课第一天，他就看到他读小学时的班主任也在学生里。这位五十多岁的老班主任叫刘兴华，和别的学生一样,平时在乡下的小学当老师,星期天就来师范学校接受培训。

这种师生倒置的角色,杨柳很不适应,发练习本发到老班主任时,不自觉地念道:"刘老师。"下面轰的一声笑了。杨柳正色说:"他真的是我老师嘛,从小学一年级到三年级,刘老师一直教我。"刘兴华说:"现在你是我的老师,你叫我的名字好了。"

在杨柳的记忆中,刘老师是无所不晓的,而现在他才知道刘老师的知识很少,许多很简单的练习都不会做。杨柳很同情刘老师,常常给他开小灶补课。可刘老师的基础实在太差了,有时杨柳讲了两三遍,他还是不明白。刘老师急出满头大汗说:"我真是太笨了。"杨柳说:"别急,慢慢来。"日子一天天过去,转眼就到了期末考试。

杨柳很担心刘老师的这次考试,发了试卷后,就站在刘老师的身边看他答题。刘老师急了:"你能不能别站在这里?你站在这里,我就更不会做了。"不会做题的学生大有人在,有些人偷偷摸摸翻书找答案。杨柳看着他们花白的头发,心软了没有阻止。他从刘老师的身边走开,心想,让刘老师也翻翻书吧。

考试快结束时,杨柳又来到刘老师的身边,发现刘老师的试卷好多空白。这怎么能及格呢?不及格就要补考,那怎么办呢?杨柳立刻写了一些答案,悄悄递给刘老师。

杨柳以为这回刘老师没有问题了,可是,批改试卷时,他看见刘老师的试卷依然有好多空白,及格是不可能的。杨柳闭上眼睛,随手给刘老师打了61分。

别人补考的时候,刘老师也来了。杨柳说:"刘老师,你及格了,不用补考。"刘老师说:"谢谢你的关心,但我知道我考不了那个分数。"杨柳说:"老师,我是担心你补考也不及格。"刘老师咬咬牙说:"要真是那样,那我就留级,从头再学。"

刘老师坚持参加补考,杨柳只能在一边担心不已。刘老师一交试卷,杨柳就当场给他改卷。令人惊讶的是,这回刘老师居然大部分都答对了,仔细一算,竟得了75分。杨柳惊喜地问:"老师,你怎么进步这么快?"刘老师憨憨地说:"我下了工夫。"杨柳这时才注意到刘老师的眼窝深深的,眼白上布满血丝,那花白的头发似乎又白了许多。

杨柳握住刘老师的手,动情地说:"您永远是我的老师。"刘老师说:"你现在的知识比我多好多倍,我怎么敢再做你的老师?"杨柳说:"今天您就给我上了最重要的一课,让我懂得,考试也是做人。"

　　小学六年级的时候,学校调来一个刚毕业的年轻老师,大家玩成一片,相处得很开心。那时候我惊奇于他轻易就能解开那些复杂的数学题,对他佩服得不得了。大学二年级的时候,数学老师来我们学校进修,看到他被岁月和生活弄得有点儿苍老的脸,还有连简单的题都做不出来的窘迫的样子,我的心里有隐隐的难过,随即释然,也许老师已经比不上我现在所拥有的丰厚知识,但他以比我丰富的人生经验,教会我做人的道理,仍然是我心底最尊敬的老师。

　　文章里的刘老师没有被学生教的尴尬,虽然基础不好,依然努力虚心地学习。即使学生杨柳故意放松让刘老师的考试及格,刘老师也坚持来补考,并且凭着自己加倍的努力通过了考试。

　　虽然杨柳传给了他数学上的知识,但他却以自己的行动教育了杨柳为人处世的人生道理,给杨柳上了精彩的一课。无论岁月如何变迁,学生成就如何之大,他仍然是那一位最值得学生学习和尊敬的老师。

(韩文亮)

　　没有人总能做得最好,但如果你尽力了——你的才能得到发挥了——那你就能够克服你的困难或找到一个全新的、可能更好的方向。

尽力去做

◆[美]苏珊娜·查琴　王启国/译

　　第一次踏入大卫·马里恩的高等数学课堂时,我不知道等待我的将会是什么。那天,天气暖和,有人把一扇窗户打开了,但我却穿着防寒背心,因为数学令我恐惧。

上午 8 点整，一位戴眼镜的年轻人迈着轻快的脚步走进教室。"我叫马里恩，重音在后两个音节上。"他笑着说道。马里恩先生刚刚获得了数学博士学位。他似乎拥有那种轻轻松松就能领先别人十来步的睿智与自信。当他与聪明的孩子们说笑时，我陷入了更深的绝望之中。

16 岁的我并无出众的才华，内心却踌躇满志。我甚至信誓旦旦地宣称，在 30 岁前，我要成为一名小说家、歌曲作家以及环球旅行家。在我的未来里，数学将不再出现。我上马里恩先生的课是因为高数既是学微积分的基础，也是参加全国微积分等级考试的前提条件。学生要是通过了这个考试，就等于拿到了大学里一年应拿到的数学学分，可以减少很多学费。

马里恩先生在黑板上写了个公式，要求我们证明成立。我仔细地将公式中那些数字抄在笔记本上，但没证明几步，就被难住了。马里恩先生在教室里转来转去，目光掠过学生们的肩膀看他们解题。我试图用宽松的衬衫袖子遮住那基本上还是空白的纸。一旦他意识到我不是块学数学的料，我敢肯定他会劝我放弃的。突然，从眼角的余光里，我看到他就站在我旁边。我在心里说，这下完了。但恰恰相反，他弯下腰，在纸上写了个方程式。"试试看。"他温和地说。我照着他的话去做，从这个等式入手，公式竟自然而然地被证明出来了。"很好。"他说着，眼镜下露出了微笑，仿佛这结果是我自己算出来的。他看起来比我以往认识的任何老师都和蔼，他从不会因为学生成绩差而瞧不起人家，也不会因为一个简单问题而嘲笑学生，无论答案是何等显而易见或风马牛不相及。

然而，我显然是班上学得最差的一个。我们第一次大考时，我考了个 C。那天下午我去见马里恩先生。"我赶不上其他学生。"我几乎要哭出来了。他斜倚在灰色的金属课桌上，盯着我，问："你想在这课上得到些什么？""我不想不及格。"我小声说。"你不会不及格的，"他承诺说，"只要你愿意尽你最大的努力，我就不会让你走人。"他建议在放学后给我补课。接下来的几个月里，我们的课外补习呈现出运动员训练般的规律性。一次，当我无法解答一个问题而厌烦地丢下粉笔时，他说："我明白数学对你来说是件头疼的事，但是与困难作斗争能使我们变得更加坚强。"

两年后的一个星期六，我参加了全国微积分等级考试，我得到的分数足以为我父母省下几千美元的学费。我向马里恩先生表达了深深的谢意，但我知道我再也不会去碰数学书了。既然不学数学了，还有什么理由让我再想起他呢？然而，我的确又想起了他。二十多岁时，我成了一名杂志撰稿人。而立之年，我突然意识到自己还没有实现曾经有过的梦想，写本小说或是作曲。我无法控制这种在理想道路上停滞不前的痛苦感受。很久没有人要求我做得更好了，我渴望着有人能再次这样要求我。于是，我找到了马里恩先生，希望他能够帮助我。我们聊了很久，忆往昔岁月，谈故友，论抗争与失意。既谈我自己的，也谈他的。"我也曾有过与你现在相似的处境。"他告诉我他在求学时代遭受过的失败与打击，以及他是如何克服的。

"如果你不能克服它，"他说，"那你就得凭你自身所拥有的去开辟出一条新道路。"他补充道："我们每个人都有失败与遗憾。没有人总能做得最好，但如果你尽力了——你的才能得到发挥了——那你就能够克服你的困难或找到一个全新的、可能更好的方向。这就是成功的真正源泉——全身心投入某一项事业，并为之奋斗。"

感恩提示

　　一个人最幸运的事，大概就是拥有一名良师益友吧。马里恩先生和蔼可亲，帮助自卑的"我"在数学上取得了突破性的成绩，让"我"如愿以偿地通过了全国微积分等级考试。而"我"在前行的道路上依然离不开马里恩先生的指引。他教会我持之以恒的毅力，以及开拓的勇气和决心，让"我"知道，做一件事就像选择了一条道路，应全身心地投入，尽力去做，如果实在走不下去，就得思考它适不适合你；如果不适合，就要凭自身的能力去开辟一条新的道路，让自己的才能在另一个天地得到发挥。

　　如果说人生如旅途，一辈子都在路上，那么马里恩先生就是"我"人生道路上最佳的导游，在"我"偷懒的时候催促"我"上路，在"我"走到岔路口的时候把"我"拉回来，在"我"流连风景的时候告诉"我"前面的风景更美好，在"我"泄气的时候帮我打气，在"我"登上高峰的时候为"我"喝彩，得师如此，夫复何求？

（韩文亮）

同学们，在成才前先学好如何做人，要学会负责任，不要因为任何原因丢掉你们身上最宝贵的东西。

诚实值 100 分

◆王志强

大二上学期，新开了一门实验分析课，听高年级的师兄说，上这门课的李老师脾气极好，心地很善良，最重要的，也是我们最关心的，她极少给同学不及格，这让我们非常开心，也安心了不少。

传言不虚，李老师五十来岁，为人极随和，脸上洋溢着慈祥的笑容，而且非常关心我们的学习和生活，班上不少同学去她家玩过，也是交口称赞。稍微与她的慈爱不太协调的是，她在课上要求很严，反复强调操作要规范，读数要准确，态度要认真……但总的说来，这门课感觉很不错。

我感觉到不妙是从实验报告开始的，每次我总得 4 分或 5 分，李老师曾说过，这门课以实验报告分数来计成绩，共 10 个实验，每次满分为 10 分。如果我一直 4 分 5 分下去，那就意味着我将不及格，难道我将成为那很不幸的"极少数"之一？看着周围的同学，都是 7 分 8 分，甚至有鲜红的 9.5 分！这让我既羡慕又很有些恐惧。不过平心而论，我态度十分认真，报告也写得极规范，可分数总少得可怜，每次我都比上次更努力，但那不争气的分数死活不见增长。随着实验次数的减少，我的恐惧在不断增加，最后，眼看及格无望时，我已经快要放弃了，只能寄希望于李老师发发慈悲。

充满恐惧的时刻终于来临，那是一个很冷的下午，我的心也跟窗外的严寒差不多。李老师在发完实验报告后说："同学们，咱们的课快要结束了，可能大家都比较关心分数情况，下面我给大家通报一下实验情况和最后得分。"

李老师的话句句如晴天霹雳,在我头上炸响,丢人现眼的时刻终于来了。我已经听不进李老师继续说什么,只是想想自己为这门课所付出的努力,心中颇觉委屈,眼圈开始微微发红。47分,我已在心里算过无数次了,我应该是班上唯一一个不及格者,我的心在下沉、下沉,一直沉向那不可知的深渊。

等我回过神来再听时,李老师说:"你们绝大部分同学的数据都非常准确,跟教材也吻合,实验误差很小,因此分数也比较理想。只有一位同学,分数不太高。"

刹那间,我浑身一震,知道就要点我的名了,我甚至已经听到了同学们的窃窃私语,也完全想象得到他们在用何等不屑的眼神看我。于是,我痛苦地深深地埋下头去。

但我没听到我的名字。李老师继续说:"这位同学态度倒非常认真,操作也很仔细,只是数据误差较大,跟教材上的标准答案差得太多。"突然,李老师提高了声音:"但是,他的实验结果跟我得到的实验数据很接近。同学们,我不明白,我带了三十多年分析课,但我很少得到你们那么精确的答案。事实上,以我们目前的仪器设备,实验误差会比较大。但是,你们每个人每次的实验数据都那么准确,这只能有一种解释——你们的数据是根据课本凑出来或是编出来的,不是真实数据。鉴于这种情况,我想给他满分。"

听这番话时,我先是惊诧,后来有些震惊了。等老师说完最后那句话,我脑海中有过片刻的空白,接着心中就被一股汹涌的情感激荡着。我微微抬起头,两眼满含感激地望着李老师,李老师也正在看我,眼睛中充满了理解、信任与支持。不知何时,泪水已模糊了我的双眼,我知道,虽然我眼中有泪,但我不必再低着头。

李老师接着说:"同学们,你们是新时代的大学生,将来都会成才。只是我想提醒你们,在成才前先学好如何做人,要学会负责任,不要因为任何原因丢掉你们身上最宝贵的东西。我希望你们牢记——诚实值100分。"教室里良久无声,所有人,包括我,都在沉默着。

法国大文豪卢梭说:"只有一门学科是必须要教给孩子的,这门学科就是做人的天职……我宁愿把有这种知识的老师称为导师而不称为教师,因为问

题不在于要他拿什么东西去教孩子,而是要他指导孩子怎样做人。"李老师就是这样一位优秀的人生导师,治学严谨,工作负责认真,传授知识一丝不苟,只期盼能把自己拥有的知识,还有做人的美好品德,全部传授给学生。真正优秀的老师比起完美的答案和高分,更注重学生的品德。李老师给"我"的诚实打了100分,她也是在告诉我们:诚实是做人的最基本要求,是比任何东西都要珍贵的东西。只要你诚实做人,付出了真心而实在的努力,一定能够得到生活的回报。

李老师对"我"的理解、信任与支持,如一股暖流通过,驱散了"我"以往认真付出却从不被认同的委屈,让在场所有的人都反省自己以往的行为。她就像一面高悬的镜子,以她的睿智照出所有的伪装与虚假。只要想起李老师,我们就不能不诚实做人。

(韩文亮)

老师的话,给我们许多宽慰。那摆在讲桌上的三件东西,更是给我们留下了深刻的印象。

同是一块泥土

◆董保纲

十几年前临近高考的我们,整天如同一张弓,始终绷紧着弓弦,有几位同学因此常常失眠。一天下午,是班主任李老师的课,本来应该总复习的,其他科目在总复习阶段都是下发大量的习题,强化训练。然而那次,李老师却没有这样做,而是提着一个塑料袋走进了教室。

李老师说,今天是总复习,我们不做习题了,大家放松一下,聊聊天吧。说着,他在塑料袋里掏一件东西,摸索了半天,拿出来,原来是一块泥土,一块潮湿的泥土。李老师自己先笑了说,我费了半天劲才从河边挖来一块泥土。我们看着那块普通的泥土,不知道老师想干些什么。

李老师说，大家谁能告诉我，这块泥土值多少钱？我们哄然一笑，一块普通的泥土值什么钱呢？李老师又说，是的，这块泥土太普通了，不值钱，但是我这里还有一块泥土。说着他又从塑料袋里掏出一样东西，放在讲桌上。我们看到那是一块用泥土烧制的红色的方砖。老师说，这块泥土值多少钱呢？我们知道，在当时那样的一块砖大概值一毛钱。于是有同学告诉老师，它值一毛钱。老师放下砖，又从塑料袋里掏出一样东西，这次却是一件工艺品，那是一只奋力前行的耕牛。老师说，这是一件泥塑工艺品，是我从朋友那里借来的，它的价格我来告诉大家，它值2000元人民币。哇！这个数字引起我们一片惊呼，因为在当时，2000元确实是个不小的数目。停顿了一会儿，李老师说道："同学们，你们就要参加高考了，高考是一座桥，有些人也许会顺利地走到桥的那一边，有些同学也许会落在桥的这一边。不过，我想说的是，不管你走过桥或者走不过桥，你们都应该明白，现在的你们只是一块泥土，一块普通的泥土。你们的将来可能是一块砖，也可能是一件价值不菲的工艺品，当然也可能还是一块普通的泥土。重要的是，不管怎么样，只要你努力，只要你付出劳动和智慧，任何时候都不要自暴自弃、停滞不前，那么，你绝对会使自己不断升值。"老师的话，给我们许多宽慰。那摆在讲桌上的3件东西，更是给我们留下了深刻的印象。

感恩提示

同是一块泥土，却有3种不同的价值，这就像做人一样，你的人生价值和付出的努力是成正比的。高考的独木桥上，有成功者的笑容，有失败者的泪水，而老师只是独木桥旁的观望者，他可以引导你，可以带给你知识，为你增加过桥的本领，但他不能代替你过，最终要靠的还是你自身的努力。这正如一位母亲所说："我可以煮饭给你吃，但我不能代替你吃。"老师就是那位为我们煮饭的人。这是一节人生的复习课，老师用泥土作比喻鼓励我们，给了我们努力的动力和信心。李老师费了半天劲才从河边挖来一块泥土，只为了能够更加生动形象地教育他的学生，让他的学生不松懈地努力，持之以恒地学习，给自己充值。他只是一位普通的人民教师，却以自己的人格魅力成为甘为学生铺路的人类灵魂的工程师。我想，只要他的学生努力过了，无论将来是一块板砖，一件价值不菲的工艺品，还是只是一块普通的泥土，都是他的骄傲。

（韩文亮）